Os Monstros do Cartógrafo

CUIDADO COM OS BUFALOGROS!

Os Monstros do Cartógrafo
CUIDADO COM OS BUFALOGROS!

Rob Stevens

Tradução
Juliana Lemos e Carlos Irineu da Costa

Ilustrações
Adam Stower

1ª edição
Rio de Janeiro

BERTRAND BRASIL

Copyright © Rob Stevens, 2009
Publicado originalmente por Macmillan Children's Books, a division of Macmillan Publishers Limited, 2009.

Título original: *The Mapmaker's Monsters*

Capa: Raul Fernandes
Ilustração de capa: © Macmillan Children's Books, London, UK, 2009
Ilustrações de miolo: © Adam Stower

Editoração: DFL

Texto revisado segundo o novo
Acordo Ortográfico da Língua Portuguesa

2011
Impresso no Brasil
Printed in Brazil

Cip-Brasil. Catalogação na fonte
Sindicato Nacional dos Editores de Livros. RJ

S867m Stevens, Rob, 1972-
Os monstros do cartógrafo: cuidado com os bufalogros! / Rob Stevens; ilustrações Adam Stower; tradução Juliana Lemos e Carlos Irineu da Costa. – Rio de Janeiro: Bertrand Brasil, 2011.
320p.: 21 cm

Tradução de: The mapmaker's monsters: beware the buffalogre!
ISBN 978-85-286-1537-1

1. Literatura infantojuvenil inglesa. I. Lemos, Juliana. II. Costa, Carlos Irineu da. III. Título.

11-6267
CDD: 028.5
CDU: 087.5

Todos os direitos reservados pela:
EDITORA BERTRAND BRASIL LTDA.
Rua Argentina, 171 — 2º andar — São Cristóvão
20921-380 — Rio de Janeiro — RJ
Tel.: (0xx21) 2585-2070 — Fax: (0xx21) 2585-2087

Não é permitida a reprodução total ou parcial desta obra, por quaisquer meios, sem a prévia autorização por escrito da Editora.

Atendimento e venda direta ao leitor:
mdireto@record.com.br ou (21) 2585-2002

*Para Clare, Dylan e Charlie,
com todo o meu amor*

Prólogo

— Mas o que...?

Pedro estava confuso e assustado. O que estaria acontecendo com ele? Antes, sentia-se forte e cruzava o terreno com rapidez, mas, de repente, mal conseguia ficar de pé. Quando olhou para baixo, entendeu.

Seus bolsos estavam cheios de joias que transbordavam até o chão, fazendo uma pilha ao redor de seus pés. Um elmo de centurião romano aparecera em sua cabeça e, no peito, uma armadura ornamentada. Uma corrente de ouro sem fim, enrolada em seu pescoço, apertava-o tanto que ele quase não podia respirar. Se não agisse logo, seria enterrado vivo.

— Que droga! Finalmente consigo aquilo que desejo e agora esse meu desejo tenta me matar.

Pedro arrancou o elmo e a armadura, desvencilhou-se da corrente e esvaziou os bolsos. Encontrou o pequeno objeto que procurava, cavou um buraco no chão, colocou-o lá dentro — junto com o tesouro — e cobriu tudo com terra. Observando rapidamente o terreno em volta, fez algumas marcas em um pequeno pedaço de madeira e o guardou em seu colete. Voltaria àquele lugar com um exército de homens para recuperar o que era seu.

— O que foi isso?!

Vinte minutos depois, Pedro corria para salvar a própria pele. Corria e se chocava contra as árvores da floresta, os galhos em seu caminho arranhando seu rosto e suas mãos. Alguma coisa o seguia e ele não ia esperar para descobrir o que era.

Agora ouvia algo bufando. O chão tremia com o ritmo de cascos galopando. De vez em quando, ouvia um guincho tão aterrorizante que o fazia tremer. A coisa estava se aproximando.

Pedro saiu correndo da floresta pelo chão pedregoso em direção ao topo do penhasco. Seu bafo era iluminado pela lua enquanto saía de sua boca e se dissipava no ar.

Com os músculos doloridos, chegou ao topo do penhasco e olhou rapidamente para trás. Um vulto escuro surgiu das árvores. Era alguma espécie de animal de quatro patas que vinha em sua direção a toda velocidade. Tinha ombros largos, fortes. Aproximava-se galopando, com a cabeça abaixada. Mais quatro animais surgiram por entre as árvores, e depois mais seis. Estavam caçando em grupo e movimentavam-se rapidamente.

— Maravilha. Excelente mesmo — murmurou Pedro, com raiva.

Correu até uma rocha grande e oval e pegou a corda enrolada debaixo dela. Jogou-a no penhasco e ficou olhando enquanto ela se desenrolava e caía silenciosamente, até chegar à praia lá embaixo.

Segurando a corda com firmeza, começou a descer de costas, pela beirada do penhasco. Agora somente os dedos de seus pés tocavam algo sólido, e não havia nada além do ar da praia embaixo de seus calcanhares. Inclinou-se o máximo que pôde para trás, sentindo o peso do corpo nos braços. Tirando uma das mãos de cada vez, desceu pulando, sem parar.

Quando olhou para cima, viu três silhuetas observando-o do topo do penhasco, a uns dez metros de distância. A lua, um semicírculo brilhante, iluminava-os por trás, criando um halo sinistro. Cada um dos monstros tinha três chifres brutais e retorcidos na base de seus crânios, e rostos largos, achatados. Em seus focinhos, a respiração saía por uma única narina redonda. Pedro nunca vira seres tão horríveis, e seu medo o fez descer mais rapidamente... até que sentiu um puxão violento na corda.

Olhou para cima e viu que um dos monstros colocara a corda na boca. Ele balançava a cabeça com violência de um lado para o outro, como um cachorro mordendo um osso. Pedro sentiu um puxão repentino na corda, e depois mais outro. O monstro estava erguendo-o feito um peixe num anzol!

— Aaaai! — gritou ao sentir os dedos dos pés raspando na rocha do penhasco. Tinha somente uma alternativa. Fechou os olhos e soltou a corda. Seus braços se debatiam no ar enquanto caía. Atingiu o chão e gemeu, contorcendo-se e encolhendo-se na areia roxa e macia.

Se conseguisse chegar até seu barco a remo, a poucos metros de distância, dentro de uma hora estaria de volta a seu navio. Ficou de pé lentamente. Tinha torcido o tornozelo, mas não parecia ter quebrado nada. Sem dúvida, estava a salvo agora. No entanto, um barulho repentino o fez olhar para cima, e seu alívio transformou-se no mais puro terror.

Os monstros enormes e desajeitados, com ombros largos e patas pesadas, estavam vindo atrás dele, descendo pelo penhasco escarpado, usando as quatro patas com a mesma facilidade com que uma aranha utiliza suas pernas para descer uma parede. Pedro olhava para eles, petrificado de medo, enquanto desciam correndo para a praia. Suas caudas grossas pareciam ajudá-los a manter o equilíbrio na descida pela rocha íngreme. Em poucos segundos, eles o cercaram.

— Opa, opa — disse Pedro, tentando acalmá-los. — Calma... monst... monstrinhos... bonzinhos...

Um deles chicoteou a cauda e atingiu o pequeno barco a remo atracado na praia. O barco voou até as rochas como se fosse de brinquedo, espatifando-se e transformando-se numa pilha de madeira quebrada. Os monstros urraram. Pedro teve ânsias de vômito ao sentir o terrível fedor de ovos podres que de repente atingiu suas narinas. Um dos monstros ficou de pé nas duas patas traseiras e dirigiu-se para ele. Tinha uma forma mais humana que animal: parecia um ogro grotesco, aterrorizante, batendo os punhos com garras contra a cabeça com chifres.

Pedro sabia que estava acabado, mas, quando olhou para o céu, para sussurrar uma última prece, viu algo que lhe deu um resquício de esperança. Lá em cima, no topo do penhasco, estava um vulto grande cujo casaco de pele brilhava à luz da lua.

— Ei, Erebo! — gritou Pedro, desesperado. — Me ajude! Por favor!

— Você me traiu — grunhiu o vulto. — Por que eu deveria ajudar você agora?

— Porque eu vou dizer onde ela está! Eu a escondi na ilha, mas anotei o lugar. Se você me salvar, eu o levo até lá! — completou Pedro, tirando o pedaço de madeira que estava em seu colete e balançando-o no ar, para que o príncipe Erebo visse. — Está tudo aqui! Eu prometo!

Os monstros aproximaram-se e Pedro se encolheu na areia. Durante alguns instantes, o príncipe nada fez. Até que soltou um grito poderoso — o mesmo rugido dos monstros. Nesse momento, eles pararam e dois deles se afastaram raivosos, correndo a passos largos, e começaram a escalar a rocha com a mesma rapidez com que a haviam descido. Chegaram ao topo em segundos e circundaram o príncipe, com seus ventres próximos ao chão, como leões em posição de caça. Erebo puxou sua espada. A longa lâmina de aço cintilou à luz da lua.

Os dois monstros pularam na direção do príncipe, que deu um passo para trás, desferiu um golpe e enfiou a espada na barriga de um deles. Ouviu-se um urro horrível e o monstro caiu no chão. Num único e elegante movimento, o príncipe puxou a espada e se esquivou, girando o corpo em direção à outra criatura. Rodou a espada sobre a cabeça do monstro e cortou-a num grande arco horizontal. Dessa vez, não houve urro.

O corpo do animal caiu imóvel perto do príncipe. Sua cabeça, decepada, começou a rolar pela lateral do penhasco, cada vez mais rápido, feito uma bola caindo por uma escada. Quando alcançou a praia, com um baque, a narina ainda se contraía de modo repulsivo.

Todos os animais na praia soltaram um urro terrível. Pedro sentiu cada pelo de seu corpo arrepiar-se de medo.

— Maravilha. Agora serei o prato principal da noite — murmurou.

No entanto, os monstros não estavam mais interessados em Pedro. Todos eles tinham se virado para trás e começaram a escalar o penhasco, impulsionados pelo instinto animal de atacar aquele que ameaçara o bando.

Pedro viu sua oportunidade de escapar. Não poderia mais usar seu barco, mas sabia nadar muito bem. Enquanto entrava no mar, ouviu os gritos agonizantes de outro monstro. Sabia que o príncipe não tinha como matar todas as criaturas sozinho, mas isso não importava mais. Tudo o que queria era sair vivo daquela ilha. Estava prestes a mergulhar de cabeça na segurança daquela água escura e calma quando algo agarrou seus ombros.

— Eu não aguento mais! — grunhiu Pedro. — O que é isso agora?

Puxado com força para fora da água, foi levantado no ar. Estava voando! Estava sendo levado por uma espécie de pássaro gigante, com asas tão grandes quanto as velas de um pequeno barco. Enquanto se debatia, o pequeno pedaço de madeira caiu de dentro de seu colete e escapou de suas mãos, que tentaram em vão agarrá-lo.

Pedro foi levado rapidamente para cima do penhasco. Podia ver o príncipe lá embaixo, cercado pelos monstros. Por alguns instantes, sentiu-se estranhamente seguro, voando bem acima daquela batalha mortal... até que se deu conta de que o pássaro estava descendo, levando-o para baixo. Pedro agitava as pernas no ar, debatendo-se, enquanto o pássaro voava próximo ao grupo de monstros. Quando conseguiu enxergar a pelagem espessa e grossa da corcova deles, sentiu o pássaro soltá-lo bem ali, no meio do bando.

O príncipe continuava a golpear com sua espada a poucos metros dele. Pedro tentou se levantar, mas agora um dos monstros estava sobre ele, de pé nas grossas patas traseiras. Seu hálito era podre e seus olhos tinham uma cor rosada e leitosa. A criatura abriu a boca, revelando dentes afiados como cacos de vidro. Um punhado de saliva pegajosa caiu sobre Pedro, cobrindo-o com aquela gosma. O monstro abria a boca cada vez mais.

— Olha, eu já vou avisando que não sou muito saboroso — disse Pedro, com um sorriso nervoso. — Sou praticamente osso puro.

O monstro resfolegou e deu o bote. Suas mandíbulas fecharam-se

Capítulo 1

Rupert Lilywhite entregou sua capa à jovem serva. Tirou o chapéu e jogou para trás os cabelos compridos. A moça fez uma mesura e saiu rapidamente. Com passos decididos, dirigiu-se para a sala de estar, onde sua mãe bordava um lenço de renda.

— O passeio foi agradável, Rupert? — perguntou Lady Lilywhite.

— A cidade está uma loucura — disse Rupert. — Há plebeus em *toda parte*.

— Imagino que é por isso que se referem a essas pessoas como "plebe" — disse Lady Lilywhite, sorrindo. — Se não estivessem em toda parte, não seriam plebe, certo?

Rupert deu batidinhas no rosto com o pompom do pó de arroz.

— Havia uma multidão nas docas — disse ele, com voz cansada. — Todo mundo falando de um tal de Colombo.

— Eu sei — disse Lady Lilywhite, com um grande sorriso. — Não é uma maravilha?

— O que é uma maravilha? Quem é esse tal de Colombo?

— É o maior marinheiro de todos os tempos. Acabou de voltar de sua grande viagem.

— Mas por que está todo mundo tão animado por causa de um marinheiro qualquer? — disse Rupert, com um suspiro.

— Ah, ele não é um marinheiro qualquer. É o comandante da frota da Espanha e um explorador. Dizem que velejou para o oeste, atravessou o Mar Oceânico e descobriu novas terras.

— Ora, ora — disse Rupert, num tom sarcástico.

— Parece que ele será recebido numa audiência pela rainha Isabel da Espanha. Vai presenteá-la com um valioso tesouro que encontrou em sua última aventura.

— Tesouro? — disse Rupert, repentinamente interessado.

— E, em troca, a rainha vai fazer dele um *don*.

— Um o quê?

— Acho que é um título de nobreza na Espanha — respondeu Lady Lilywhite. — Dizem que logo ele será famoso no mundo inteiro.

— E só por pegar um barco e sair por aí navegando?

— Pois é — disse Lady Lilywhite. — Na minha época, reis e rainhas ficavam satisfeitos em invadir países vizinhos. Hoje já querem um novo continente inteirinho só para eles. O rei Henrique disse que vai transformar em cavaleiro e também dar o condado da Cornualha para qualquer inglês que descobrir novas terras.

Rupert estava em transe.

— *Sir Rupert Lilywhite* da Cornualha — murmurou para si mesmo. — Explorador Mundialmente Famoso e Amigo do Rei da Inglaterra.

Minutos depois, Rupert escancarava a porta do escritório de seu pai.

— Pai, precisamos conversar — anunciou ele, com grande pompa.

Lorde Lilywhite estava à sua mesa. Levantou os olhos.

— Está tudo bem, Rupert? Parece que você viu um fantasma.

— Sim, estou bem — respondeu, ríspido. — Acabei de aplicar pó de arroz no rosto, só isso. É a última moda na França.

Lorde Lilywhite ergueu as sobrancelhas, mas não disse nada.

— Acabo de tomar uma decisão sobre o meu futuro. Vou navegar pelos grandes mares — anunciou.

— Ah, que maravilha! — disse Lorde Lilywhite. Ele já estava preocupado, pensando que o filho jamais se estabeleceria em uma carreira. — Tenho bons amigos na Marinha. Eles vão facilitar a sua carreira.

— Marinha? — repetiu Rupert, enojado. — Eu não vou para a Marinha. O senhor acha que sou um camponês? Quero ser um explorador famoso. O senhor vai comprar um navio para mim. Assim, poderei descobrir novas terras.

— Entendo — disse Lorde Lilywhite, esfregando os olhos.
— Também preciso de um título — disse Rupert. — Só até o rei me dar o meu título de cavaleiro.
— Bom, se você vai comandar o próprio navio, então você é o capitão, imagino.
— Capitão? — Rupert refletiu por alguns instantes. — Estava pensando em algo com mais pompa. Gosto muito da ideia de ser almirante.

Então, como Lorde Lilywhite era um próspero homem de negócios, e como ele achava que Rupert era a melhor coisa sobre a face da Terra desde a invenção do bacon, encomendou um navio para o filho. Lorde Lilywhite também tinha muitos contatos na Europa. Por acaso um deles era amigo de Cristóvão Colombo e sabia que o famoso explorador estava prestes a fazer uma visita à Inglaterra a fim de recrutar pessoas para sua próxima viagem. Arranjou para Rupert um encontro com Colombo a fim de que pudesse aprender com ele como descobrir novas terras.

No entanto, quando Rupert conheceu Colombo, ele não pediu nenhuma orientação a respeito de barcos ou de navegação. Em vez disso, ficou falando o tempo todo sobre como seria rico e famoso assim que descobrisse um novo continente. E também ficou se gabando, falando do navio que estava sendo construído para ele.

— O navio está sendo construído com carvalho maciço — disse Rupert. — O mastro principal vai ser mais alto do que o mastro de qualquer outro navio em toda a história dos... hã... navios muito altos. E a minha cabine vai ser a mais luxuosa. Vai ser toda estofada com o mais fino couro de gamo.

— Mas é claro — respondeu Cristóvão Colombo. (Embora fosse italiano, falava várias línguas fluentemente.) — E quem vai fazer parte da sua tripulação?

— Tripulação? — disse Rupert. — Ah, vou contratar uns marinheiros aí nas docas. Meu pai me deu muito dinheiro para isso. Meu navio terá a carranca de proa mais maravilhosa.

— Entendo — disse Cristóvão Colombo, reprimindo um bocejo. — E que nome você dará a esse seu navio?

— Ah, nada muito pomposo... também não quero ficar me gabando — respondeu Rupert, com um sorrisinho de satisfação nos lábios. — Acho que vou dar um nome bem modesto, algo como *Magnífico e Intrépido Rupert Lilywhite*.

— Ah, nossa, como isso é... hã... humilde de sua parte. Mas posso lhe dar uma sugestão? — perguntou Colombo.

— Se assim desejar...

— Acho que um nome estrangeiro indicaria seu vasto conhecimento do mundo e também seu espírito aventureiro.

Rupert assentiu, pensativo.

— Existe uma expressão em espanhol que o descreve perfeitamente — continuou Cristóvão Colombo. — Batize seu navio de *El Tonto Perdido*.

De fato, Rupert achou que o nome soava muito chique.

Capítulo 2

Hugo Bailey e seu tio Walter deixaram a casa de chá Doca da Daisy acariciando suas barrigas cheias. Estavam celebrando o aniversário de Hugo e haviam acabado de devorar dois furões assados e, juntos, um bolo de pão de ló recheado com geleia.

— Esse foi o melhor almoço da minha vida! — disse Hugo. — Muito obrigado, tio Walter.

— Bom, não é todo dia que meu sobrinho favorito completa 12 anos.

Walter colocou uma boina na cabeça. Ele tinha sobrancelhas brancas e grossas e um bigode que cobria sua boca. Quando sorria — como agora —, seu bigode contorcia-se e rugas surgiam ao redor de seus olhos. Pôs o braço no ombro de Hugo e saíram andando pela rua.

Logo depararam com um pequeno grupo de pessoas no cais, de frente para um esplendoroso navio. Hugo agarrou a manga de seu tio. Um homem muito pálido, no leme do navio, preparava-se para fazer um discurso.

Rupert Lilywhite havia organizado um evento público para batizar *El Tonto Perdido*, que, sem dúvida alguma, era um navio magnífico. Tinha três mastros enormes, e o maior deles chegava a mais de sessenta metros de altura. Suas velas debatiam-se com fúria contra o vento e, acima de cada uma delas, tremeluzia uma bandeira de seda roxa com as iniciais R. L. em rebuscadas letras douradas.

O navio tinha pontes levadiças na frente e atrás, sendo gloriosamente coroado por uma carranca feita de carvalho trabalhado que se projetava orgulhosamente na proa do navio. Era a figura de um homem brandindo uma espada num gesto de liderança, o cabelo esvoaçante às suas costas como uma crina. Ele sorria como se achasse graça do perigo, e seu chapéu estava adornado com uma cascata de plumas. Representava uma pessoa que Rupert Lilywhite acreditava que seria capaz de inspirar assombro e reverência em qualquer um que visse o navio. Tratava-se da carranca de Rupert Lilywhite.

— Amigos e admiradores! — começou ele a declamar. — Como vocês sabem, sou o famoso explorador, almirante Rupert Lilywhite.

Rupert fez uma pausa, esperando os aplausos, mas ninguém bateu palmas. A maioria das pessoas ali nunca tinha ouvido falar dele. Só haviam aparecido porque o convite para a cerimônia prometia porco assado e bebida de graça.

De repente, alguém na multidão gritou:
— E o que você explorou?
Rupert fingiu não ouvir e continuou:
— Então, sem mais delongas, batizo este navio de *El Tonto Perdido*. Que Deus tenha piedade dele e de todos que nele navegarem.

Houve um burburinho confuso enquanto as pessoas na multidão murmuravam e cochichavam.
— Que nome esquisito! — exclamou uma delas.
— Parece estrangeiro — disse outra.
— É espanhol — observou tio Walter. — Significa *O Idiota Perdido*.
— Você acha que ele vai recrutar pessoas para sair em viagem? — sussurrou Hugo.

Walter olhou para Hugo. Seu sobrinho sorria para ele, um sorriso largo, com um dente faltando. Seu rosto era redondo e sardento, e seus ávidos olhos azuis brilhavam sob os cachos loiros. Walter sabia exatamente em que Hugo estava pensando e sentiu um aperto no coração.

Walter Bailey era um exímio cartógrafo que tinha viajado pelo mundo todo, registrando o progresso de alguns dos maiores exploradores. Quatro anos antes, porém, sua vida mudara após receber o convite para acompanhar numa viagem Bartolomeu Dias, que estava tentando ser o primeiro europeu a ultrapassar, velejando, o extremo sul da África. Na época, o irmão mais novo de Walter, Jack, era um carpinteiro num pequeno vilarejo perto de Plymouth. Os negócios não iam bem e ele não tinha como pagar o aluguel. Mal conseguia ganhar dinheiro para alimentar sua esposa e seu filho, Hugo, e o senhorio ameaçava expulsá-lo. Quando ouviu que Bartolomeu Dias estava montando uma equipe para sua expedição, Jack quis ir com Walter. Essas expedições eram extremamente perigosas e ele sabia que sentiria muita saudade da família, mas a recompensa era excelente. O dinheiro que Jack ganharia em seis meses navegando seria suficiente para pagar todas as suas dívidas e também para alimentar sua família durante anos.

Walter tentou dissuadir Jack — ele sabia, mais do que ninguém, que a vida no mar podia ser muito dura e perigosa, mas seu irmão continuava irredutível. Então, Walter conversou com Bartolomeu Dias. Admitiu que Jack tinha pouca experiência como marinheiro, mas salientou que ele era um ótimo carpinteiro, que poderia consertar qualquer dano que suas embarcações sofressem durante a difícil viagem. Bartolomeu confiou no julgamento de Walter e contratou Jack.

Na noite anterior à partida, Jack deu a Hugo, que tinha 8 anos de idade, uma peça de xadrez de madeira, esculpida no formato da cabeça de um cavalo. Xadrez era o jogo favorito de Hugo, e o cavalo, sua peça favorita, pois sempre podia fazer alguma manobra com ele caso quisesse sair de uma jogada difícil. Na base, estavam gravadas as palavras "Honesto, Único, Glorioso, Otimista".

— O que isso significa? — perguntou Hugo.

— Bom, que palavra as iniciais formam? — respondeu seu pai.
Hugo ficou olhando para a peça por alguns instantes.
— Hugo! — disse ele, sorrindo.
— Exatamente! — disse seu pai, sorrindo também. — Essas são as qualidades que fazem de você quem você é.

Daquele dia em diante, Hugo passou a usar a peça de xadrez em uma corrente, pendurada no pescoço. Passava horas olhando para ela, por mais que no começo não entendesse muito bem o significado das palavras. Ficava revirando o cavalo entre as mãos quando estava nervoso e dormia segurando-o junto ao peito.

Bartolomeu Dias levou dois navios em sua viagem. Como cartógrafo de Dias, Walter navegava no navio principal, enquanto Jack ficava no navio de apoio. Depois de alguns meses, já haviam navegado pelos traiçoeiros mares do sul e conseguido dar a volta na extremidade da África, que Dias batizou de Cabo das Tormentas.

Logo depois que a expedição fez meia-volta para ir para casa, deparou com uma terrível tempestade — a pior que os marinheiros já tinham enfrentado. O mar revolto chacoalhava os navios como se fossem folhas ao vento. Os barcos pareciam minúsculos diante das ondas enormes e eram por elas engolidos, ficando cheios de água e espuma. Os marinheiros se amontoavam embaixo do convés, rezando para que os deuses do mar tivessem piedade deles.

Depois de muitos dias, a tempestade passou e Walter subiu ao convés com Dias. O horizonte ao norte estava calmo: uma única linha, sem nenhum movimento. E então, quando examinava o horizonte ao sul, a leste e a oeste, uma horrível sensação envolveu Walter como um manto gélido: perscrutou o oceano desesperadamente e o pânico fazia o nó em sua garganta ficar cada vez mais apertado. No entanto, não viu nada — e seu pior medo se confirmou. O segundo navio havia sumido.

Depois de dias de busca, finalmente aceitaram o fato: o navio de Jack havia desaparecido. Presumiram que tivesse afundado.

Quando Walter voltou para casa, foi logo falar com a esposa de Jack para dar a terrível notícia. Mas havia outra família vivendo na casa deles, e Walter descobriu que Alice ficara doente logo depois que seu marido saíra em viagem. Os médicos fizeram o possível, até mesmo a cobriram com sanguessugas para eliminar a terrível doença, mas de nada adiantara. A mãe de Hugo havia falecido.

Walter encontrou Hugo cansado, magro e muito triste em uma casa para crianças órfãs, onde trabalhavam em troca de abrigo e comida. Ele tinha uma marca vermelha na palma da mão, de tanta força que fazia ao segurar, todas as noites, o pingente de madeira. Quando o dono do abrigo percebeu o quanto Walter queria levar embora seu sobrinho, mostrou-se muito relutante, pois não queria perder "aquele pobre menino tão valioso". Somente depois que Walter ofereceu a ele uma grande quantia em dinheiro — na verdade, a maior parte de suas economias — o homem cedeu. ("Tudo pela felicidade dessa joia de menino, é claro".)

Hugo passou então a viver com tio Walter, que desistiu de viajar, apesar das tentadoras ofertas de trabalho que continuava a receber. Até mesmo quando o próprio Cristóvão Colombo o convidou para se juntar à tripulação do *Santa Maria*, ele recusou a oferta.

No início, Walter tinha saudades de sua vida como cartógrafo e da grande satisfação que sentia ao adicionar novos detalhes ao mapa-múndi, o mapa do mundo, sempre em evolução. Mas a vida no mar era perigosa demais para um menino da idade de Hugo, e Walter havia jurado que tomaria conta do filho de seu irmão. Sempre que o sobrinho perguntava sobre suas aventuras, ele mudava de assunto. Walter estava determinado a não encorajar nenhuma curiosidade que Hugo tivesse a respeito do mundo para além das praias da Inglaterra; então, reuniu todos os seus mapas e cartas e os trancou em seu estúdio junto com os instrumentos de cartografia.

Desde então, Walter tentava ganhar a vida vendendo mapas das ruas da cidade, mas as vendas não iam bem. Ninguém precisava de mapa para saber como andar por ali. Só havia uma rua principal; assim, era praticamente impossível se perder.

Sem salário estável e sem emprego em vista, Walter tentava pagar o aluguel e alimentar Hugo com suas parcas economias. Tinham poucos luxos, mas tio e sobrinho eram felizes. Walter ajudava Hugo com as lições de casa, e Hugo ensinou Walter a jogar xadrez. De tempos em tempos, Hugo implorava para que o tio o levasse em uma viagem para algum lugar.

— Você sabe o que penso das viagens de exploração — dizia Walter, com um brilho nos olhos. — São perigosas demais.

Assim que a comida gratuita acabou, as pessoas se dispersaram, mas Hugo continuou ali, olhando fixamente para *El Tonto Perdido*.

— Por que a gente não entra e pergunta se ele precisa de um cartógrafo para a viagem? — perguntou Hugo. — Eu já tenho 12 anos e não preciso mais ir para escola. Eu poderia ser o seu aprendiz.

Walter deu um risinho nervoso.

— Você se sairia melhor como aprendiz de um desenhista ou de um construtor de navios — disse ele, conduzindo Hugo para casa. — Além disso, você não sabe nada sobre como fazer mapas!

Hugo olhou uma última vez para o navio e ficou imaginando quando chegaria a hora de contar a verdade ao tio Walter.

29

Capítulo 3

No caminho para casa, passaram por vendedores de torta que anunciavam seus produtos com vozes retumbantes e por crianças que corriam umas atrás das outras ou pulavam amarelinhas desenhadas com giz. Um grupo de pessoas observava atores encenarem uma peça na rua, enquanto outras aplaudiam um homem que fazia malabarismo com bolas de madeira. Em frente à prefeitura, dois homens estavam presos pelos pulsos ao pelourinho. Os transeuntes paravam para caçoar deles e arremessar legumes podres, e Hugo ficou imaginando que crime aqueles homens teriam cometido para estarem sendo punidos.

Finalmente saíram da rua principal e pegaram a estreita e lúgubre travessa Peppercorn. Walter abriu a porta da pequena casa e fez um gesto para que Hugo entrasse.

— Lar, doce lar, meu rapaz!

A pequena construção que habitavam tinha uma estrutura de madeira simples. O chão era de estuque. Uma mesa sobre cavaletes e dois bancos compridos ocupavam quase toda a sala de estar. Também havia dois quartos pequenos, um estúdio que ficava sempre trancado e uma única janela estreita com uma vista do esgoto a céu aberto que passava em frente à casa.

Walter ajoelhou-se perto da lareira e colocou alguns galhos lá dentro. Bateu duas pedras uma na outra para criar uma faísca e logo havia uma pequena fogueira iluminando a sala. Pôs um rabanete e algumas cenouras na mesa e começou a picá-los.

— E como o senhor gostaria dos seus legumes no jantar de hoje? — perguntou Walter.

— Cozidos, como sempre, por favor — respondeu Hugo, sorrindo.

— Pois não, senhor.

Walter tentou sorrir de volta, mas sentia vergonha por terem de viver daquele jeito. Pelo menos, a bordo de um navio Hugo comeria todos os dias. E o menino também poderia ver o mundo, não só o esgoto. Walter suspirou. Recusava-se a ser responsável pelo desaparecimento de outro parente no mar.

Naquela noite, Hugo acordou logo depois da meia-noite. Passou na ponta dos pés pelo quarto de Walter e deu a volta na mesa de cavaletes. A sala estava escura, mas Hugo havia feito isso tantas vezes que conhecia o caminho de olhos fechados. Silenciosamente, pegou uma grande panela de barro na prateleira e colocou-a sobre a mesa. Tirou de dentro uma chave e a enfiou na fechadura da porta trancada do estúdio. Destrancou a porta segurando o fôlego. As trancas e dobradiças estavam bem lubrificadas e ele abriu a porta sem fazer nenhum barulho. Fechou-a e acendeu uma lamparina.

Durante muitos meses, depois de começar a morar com seu tio, Hugo ficou imaginando o que havia atrás daquela porta trancada.

— Nada que seja de seu interesse. — Era sempre a resposta do tio Walter.

Então, certo dia, Hugo descobriu a chave por acaso, enquanto procurava uma peça de xadrez que estava desaparecida. A curiosidade o fez destrancar a porta naquela noite mesmo, e o fascínio o levou a ir até lá todas as noites desde então.

Agora, ao olhar em volta, sentia o coração disparado. Havia vários pergaminhos enrolados apoiados contra as paredes rústicas e também sobre as prateleiras de madeira. Rapidamente pegou um dos tubos e abriu seu conteúdo sobre a pequena mesa, o papel estalando alto enquanto o alisava com as mãos.

Hugo adorava o cheiro dos mapas — o aroma de tinta, de óleo, de poeira. Adorava o modo como cada mapa sugeria histórias, segredos, a promessa de aventuras. Delineando as costas dos países com o dedo, tentava imaginar as terras que haveria por trás delas. Seu dedo perambulava pela costa oeste da África até o Cabo das Tormentas. E então o dedo se aventurava pelo mar e vagava sem rumo por alguns instantes, em círculos cada vez menores.

Hipnotizado, Hugo tirou a mão e ficou olhando aquele mundo inteiro com os olhos bem abertos. Havia tantos países, cada um com formas e tamanhos distintos... Cada um com uma personalidade única. Ficava impressionado com quão pequena era a Inglaterra. O único lugar que ele conhecia era somente um pequeno ponto em comparação com o restante do mundo. (E mesmo *aquilo* era apenas o mundo descoberto até então.)

— O que será que existe lá fora? — murmurava Hugo para si mesmo.

Os nomes nos mapas também o empolgavam: Boêmia, Constantinopla, Arábia, Moçambique. Diversas vezes ouvira tio Walter falar com seu pai sobre os desertos, montanhas e oceanos representados em seus mapas, e agora estava sedento para experimentar ele mesmo as cores, os sons e odores que esses lugares exóticos ofereciam. Bom, pensou Hugo, quem sabe em breve o banquete não começaria?

Obviamente ele já estava pronto. A cartografia era tanto uma ciência quanto uma arte, e Hugo estudava com afinco havia tempos. À noite, ele examinava secretamente os mapas e os escritos detalhados de Walter. Estudou trigonometria e astronomia, aprendeu a medir a latitude usando as estrelas ou o sol e a fazer uma estimativa da velocidade de um barco em alto-mar.

Naquela noite, quando trancou a porta atrás de si e colocou de volta a chave na panela de barro, ele se sentia satisfeito, mas impaciente. Sabia de cor todas as técnicas de cartografia descritas nos textos do tio Walter. Agora era hora de usá-las no mundo real.

Capítulo 4

O almirante Rupert Lilywhite chegou às docas ao meio-dia. Queria içar velas no dia seguinte, e todos os preparativos importantes já estavam prontos. O único detalhe que faltava era encontrar uma tripulação para navegar *El Tonto Perdido* enquanto ele estivesse ocupado fazendo o que quer que fosse que os exploradores famosos faziam em seus navios.

Rupert percorreu as docas com os olhos em busca de alguém que julgasse parecido com um marinheiro. Logo um homem tatuado, com barba por fazer e cabelos compridos e despenteados chamou sua atenção, já que estava cambaleando um pouco. Mesmo quando ficava parado, todo o seu corpo balançava feito uma árvore esguia sob um vento forte. Rupert tinha ouvido falar que os marinheiros muito experientes ficam tão acostumados com o movimento das embarcações que não conseguem manter-se direito de pé quando estão em terra firme. O homem tatuado parecia estar com tanta dificuldade para ficar de pé que Rupert chegou à conclusão de que ele devia ser um marinheiro *muito* experiente.

— Ho-ho-ho, você aí, meu camarada! — disse Rupert, esforçando-se ao máximo para falar como um marinheiro. — Estou procurando uma tripulação para meu navio — completou, fazendo um gesto grandioso na direção de *El Tonto Perdido*.

O homem tatuado cambaleou, olhou para o navio, cambaleou de novo e olhou de volta para Rupert, fechando um olho para tentar focalizar melhor.

— Hein?

Rupert continuou:

— Pretendo pagar generosamente um marinheiro experiente que possa comandar uma tripulação de veteranos.

Para ilustrar o que dizia, Rupert colocou um saquinho cheio de moedas de ouro na palma da mão e balançou de leve, como se estivesse tentando adivinhar seu peso.

O homem tatuado e cambaleante olhou atentamente para o saquinho. — Nesse caso, eu sou um generoso marinheiro com uma tripulação veterana e desejo receber uma experiente recompensa — disse, mal conseguindo pronunciar as palavras.

— Quão longe você já navegou? — perguntou Rupert.

— Na nossa última viagem, fomos até Land's End e voltamos — retrucou o marinheiro tatuado e cambaleante.

Rupert nunca tinha ouvido falar de Land's End, mas parecia ser algum lugar muito interessante, do outro lado do mundo. (Na verdade, ficava a poucos quilômetros dali, na costa Sul da Inglaterra.) Então, ele contratou o marinheiro e combinou se encontrar com ele e sua tripulação a bordo de *El Tonto Perdido* na manhã seguinte.

— A propósito, meu camarada, qual é mesmo o seu nome? — perguntou Rupert.

O marinheiro tirou o chapéu e o segurou junto ao peito.

— Perdoe meus maus modos — respondeu, fazendo uma mesura cambaleante. — Sou Oliver Muddle.

A distância, Hugo ficou observando os dois homens que conversavam. Naquela manhã, ele tinha dito ao tio Walter que estava com dor de barriga, talvez por ter comido muito furão assado no dia anterior. Walter deixou o sobrinho na cama e foi para a praça tentar vender alguns mapas. Hugo esperou uns dez minutos, depois se vestiu e foi correndo para as docas.

Ele reconheceu o almirante Lilywhite assim que chegou ao cais. O almirante trajava um gibão e calças vermelhas, com meias de cor creme e uma pesada pluma bege em seu chapéu de três pontas. Seus longos cabelos castanhos estavam amarrados na nuca com um laço de veludo e seu rosto, tão branco quanto o de um palhaço de circo. Seu pequeno e aparado bigodinho contrastava com sua pele branca.

O outro homem era grande e cabeludo e estava, obviamente, bêbado.

Curioso para saber do que falavam, Hugo passou perto deles com um ar inocente.

— Quero que todos os seus homens apareçam nas docas amanhã às sete — ordenava o almirante.
— O quê? De *manhã*? — perguntou o bêbado.
— Sim, é claro. Partiremos às nove em ponto.
O coração de Hugo disparou. Eles iam partir no dia seguinte! Parou a alguns metros dos homens e esperou até que dessem a conversa por encerrada. Ficou observando o marinheiro cruzar o cais andando em linha torta e só depois se dirigiu ao almirante Lilywhite.
— Bom-dia, senhor — disse Hugo, fazendo uma mesura educada. — O senhor, por acaso, estaria recrutando tripulantes para uma viagem próxima?
— O meu navio já tem tripulação — respondeu Rupert, abrindo caminho.
Hugo ficou olhando para Rupert enquanto ele se afastava e então exclamou:
— Senhor, posso saber quem é o seu cartógrafo?
Rupert parou e deu meia-volta.
— Cartógrafo?
— Sim, senhor — respondeu Hugo.
— Eu não tenho cartógrafo.
— Mas, então, como o senhor vai mostrar às pessoas na Inglaterra todos os lugares que descobriu?
— Eu... eu... eu não tinha pensado nisso — disse Rupert. — Imagino que eu mesmo terei de fazer isso.
Hugo sorriu, vitorioso.
— Meu senhor, todos sabem que Colombo tem o próprio cartógrafo. Ele fica ocupado demais descobrindo

continentes para se preocupar em desenhar mapas. Como o senhor também é um famoso explorador, não concorda que é uma pessoa importante demais para mapear o próprio progresso?

— Sim — respondeu Rupert, com um sorriso orgulhoso —, acho que sou, não sou?

— Eu estudei durante muitos anos sob a orientação do grande Walter Bailey, cartógrafo do próprio Bartolomeu Dias.

Rupert nunca tinha ouvido falar em Bartolomeu Dias, mas imaginou que fosse famoso pela maneira como o rapaz pronunciara seu nome.

— Nesse caso, você está contratado — exclamou Rupert. — Como você provavelmente já sabe, sou o almirante Rupert Lilywhite. Você pode me chamar de Almirante. E você é...?

— O meu nome é Hugo Bailey.

Hugo ficou olhando enquanto o almirante Lilywhite se afastava. E então observou longamente o imponente navio com bandeiras roxas e o imaginou deslizando pelo Mar Oceânico. Agora ele realmente estava com dor de barriga.

Hugo já estava na cama quando Walter voltou para casa naquela noite.

— Vendeu algum mapa? — perguntou Hugo.

Walter balançou a cabeça negativamente.

— Você está se sentindo melhor? — perguntou, ajoelhando-se perto de Hugo.

— Não muito — respondeu Hugo. — Acho que vou tentar dormir um pouco.

— Pobrezinho — disse Walter, abraçando Hugo.

— Durma bem.

Hugo pôs os braços em volta do pescoço de Walter e agarrou a camisa do tio com as mãos. — Muito obrigado, tio Walter.

— Pelo quê? — indagou Walter, meio surpreso.

— Por cuidar de mim. Quer dizer, hã... Quando fico doente e tal.

Walter sorriu e bagunçou os cachos loiros de seu sobrinho num gesto de carinho.

— Você é um bom menino, Hugo — disse ele, saindo do quarto.

Antes do amanhecer, Hugo já estava de pé. Silenciosamente, destrancou o estúdio e tirou da última prateleira uma comprida caixa de madeira. Destravou a tampa e, cuidadosamente, ergueu o quadrante do tio Walter, limpando-o com um pano macio. Era feito de duas hastes de madeira unidas que formavam um V, duas escalas de graduação de bordas curvas, uma pequena alidada e uma pínula. Mal conseguindo respirar, colocou o quadrante de volta na caixa e guardou-a em sua bolsa de couro. Depois, pegou alguns pergaminhos, penas, tinta, uma corda de medição, alguns mapas dos oceanos e uma bússola marítima. Guardou-os na bolsa junto com um caderno e pedaços de carvão e vestiu sua camisa.

Quando passou na porta do quarto de tio Walter, fez uma pausa. Sentia-se tão culpado por abandoná-lo que, por alguns instantes, pensou em ficar. Mas estaria de volta dentro de um ano e, então, ele também seria um explorador experiente e saberia mais a respeito do mar que levara seu pai. Hugo apertou com força o pingente de madeira e recitou para si mesmo as palavras gravadas.

Honesto, Único, Glorioso, Otimista.

Era hora de provar que ele merecia a confiança que o pai depositara nele e também de mostrar a tio Walter o quanto havia aprendido. Era hora de deixá-los orgulhosos.

— Vejo você daqui a seis meses, tio Walter — sussurrou.

Capítulo 5

Hugo compareceu ao navio *El Tonto Perdido* às sete da manhã em ponto. O almirante Rupert Lilywhite mostrou a ele sua cabine, um aposento escuro debaixo do convés, na proa do navio. Não havia janelas e também nenhuma mobília. Hugo entendeu que os cobertores embolorados que estavam empilhados num canto seriam as camas da tripulação. Num canto escuro, pôde enxergar o vulto de alguém ajoelhado perto de um cobertor.

— Quantos marinheiros vão dormir aqui? — perguntou ele.

— Uns quinze de cada vez — respondeu Rupert, sorrindo. — Vai ser ótimo e muito aconchegante para todos vocês.

— Tudo bem — respondeu Hugo. — Eu não ocupo muito espaço, de qualquer maneira.

— Obviamente, você vai trabalhar junto com o cartógrafo-chefe. Então é melhor vocês já irem se acostumando um com o outro.

— Ah... Hein? Pensei que eu fosse o seu cartógrafo.

— Este camarada insistiu muito ontem, nas docas. Logo depois de eu falar com você, na verdade. Evidentemente, tem muita experiência. E disse que trabalhou com... como era mesmo o nome? — disse Rupert, franzindo a testa.

— Bom, o nome me escapa agora, mas era um sujeito estrangeiro que explorou algum canto. Enfim, ele me convenceu a contratá-lo, e com isso as suas funções sofreram um leve ajuste.

— Quer dizer que eu fui rebaixado? — disse Hugo.

— "Rebaixado" é uma palavra tão *feia* — disse Rupert, com ar condescendente. — Digamos que ele ganhou um cargo acima do seu.

Hugo não gostou nem um pouco disso.

— Não é justo — murmurou ele, querendo ter algo a dizer que não soasse tão infantil.

A pessoa no canto agora estava de pé e se aproximava deles.

— Ninguém disse que a vida no mar é justa — disse Rupert.

— Mas eu não sou uma criança. Não preciso de babá — disse Hugo, tentando fazer uma voz bem grave. — Eu sei tudo o que é preciso saber sobre cartografia. Não preciso de ninguém para me dizer como fazer o meu trabalho.

— Não se preocupe — disse a pessoa misteriosa. — Vamos combinar que eu sou o cartógrafo e você é o meu aprendiz.

Enquanto falava, a pessoa deu um passo à frente e a lamparina de Rupert iluminou seu rosto.

Hugo mal podia acreditar no que via.

— Tio Walter! — exclamou.

— Ah, que ótimo, vocês dois se conhecem. Isso torna tudo bem menos constrangedor. Bom, vou deixá-los a sós.

Hugo e tio Walter ficaram sorrindo um para o outro enquanto o almirante se esforçava para subir a escada que levava ao convés principal.

— Pensei que você estivesse dormindo, em casa — disse Hugo, embaraçado.

Tio Walter sorriu, retorcendo o bigode.

— É incrível o que as pessoas aprontam quando deveriam estar na cama dormindo, não é? — disse ele.

— O que o senhor quer dizer com isso? — perguntou Hugo, com ar inocente.

— Bem, meu rapaz, há um bom tempo eu sei tudo sobre os seus estudos noturnos.

— Mas eu sempre tomei tanto cuidado para não fazer nenhum barulho!

— Exato. Eu não coloco óleo naquelas dobradiças há anos e, ainda assim, elas não fazem nenhum barulho. Então imaginei que alguém as estivesse lubrificando por um bom motivo.

A voz de Walter estava calma, serena. Ele continuou:

— Notei a expressão no seu rosto quando você viu este navio. Eu sabia que não conseguiria mantê-lo quieto em casa por muito tempo.

— Eu sinto muito por não ter avisado ao senhor que eu estava indo embora. Mas por que o senhor não me impediu?

Tio Walter encolheu os ombros.

— Queria ver se você estava mesmo determinado. Eu jamais o encorajaria a explorar o mundo, mas também não posso impedi-lo de fazer isso.

Hugo sorriu para seu tio, um sorriso de gratidão. Finalmente, ele havia provado que tinha coragem de se unir a uma expedição sozinho — mas, na verdade, estava bastante aliviado por tio Walter ir com ele. Uma coisa era ler sobre cartografia no estúdio do tio; outra, bem diferente, era pôr em prática o que sabia em alto-mar, a centenas de quilômetros de casa.

— Aonde será que a nossa viagem vai nos levar? — indagou Hugo, com ar sonhador.

— Também fiquei pensando nisso — disse Walter, assentindo. — O almirante Lilywhite não revelou detalhes sobre seu plano. Se é que ele tem um plano.

— Espero que a gente vá para algum lugar nos trópicos. Talvez uma selva ou uma ilha vulcânica. E aí vamos comer peixe no jantar e beber água de coco. Talvez a gente precise caminhar durante dias pela selva para depois subir até a cratera do vulcão e chegar na sua beirada. E também pode ser que existam nativos na selva. Eles vão ter medo da gente por causa da pele branca. E talvez até mesmo tentem nos capturar! Mas aí a gente vai explicar que veio em paz. E eles vão nos convidar para suas casas, que são cabanas de madeira construídas no alto das árvores. E vão nos dar lanças e escudos e pedir que a gente os defenda das tribos rivais.

— Calma, Hugo — disse Walter, rindo. — Nós nem partimos ainda e você já está fazendo amizade com os nativos. Você precisa ser paciente. Os dias no mar são muito longos. E talvez só encontremos terra firme depois de semanas navegando. Mas primeiro temos trabalho a fazer. Precisamos checar todo o nosso equipamento.

Walter e Hugo tiraram seus pertences da bagagem que haviam trazido e voltaram para o convés. Oliver Muddle e sua tripulação tinham finalmente chegado. Havia mais ou menos uns trinta marinheiros trazendo para o navio a comida necessária para a viagem: todos pareciam precisar de um bom banho, fazer a barba e depois ter uma boa noite de sono. Suas roupas estavam manchadas e sujas e, juntos, exalavam o aroma desagradável de cerveja choca e suor. Além das caixas de comida, traziam uma quantidade colossal de tonéis de cerveja e uma grande gaiola de madeira onde havia uma dúzia de galinhas andando para lá e para cá.

Rupert estava tentando fazer um discurso sobre a viagem que ia começar, mas ninguém prestava atenção. Os marinheiros já estavam distribuindo canecas e enchendo-as de cerveja. Rupert notou que todos cambaleavam, e até mesmo *ele* sabia que marinheiros só tinham dificuldade de ficar em pé quando estavam em terra firme. Ficou pensando se não havia outro motivo para aquelas pernas bambas.

— Marinheiro Muddle! — chamou Rupert, finalmente se dando conta do que estava acontecendo. — Você acha que é correto a tripulação estar parada, de pé, bebendo cerveja?

Oliver Muddle ficou pensativo por alguns instantes.

— Não, em absoluto, senhor almirante — disse ele. Virou-se para os marinheiros: — Homens, prestem atenção. O almirante não quer que vocês fiquem bebendo de pé e acho que ele está certo. Sentem e relaxem.

— Vivas para o almirante! — gritou um dos marinheiros. Todos os homens deram vivas e se deixaram cair no convés.

Aquela não era exatamente a reação que Rupert esperava, mas ficou bastante feliz por estar fazendo sucesso com sua tripulação, então resolveu deixar o assunto de lado.

— A propósito, Muddle, pode me explicar por que vocês trouxeram galinhas?

— Ovos — respondeu Oliver Muddle com um sorriso. — Os homens adoram ovos pela manhã. É de onde tiram toda a sua energia.

— Bom, eu não ia querer uma tripulação preguiçosa, certo? — disse Rupert. — Eles podem tomar um trago agora, mas quero que todos se apresentem para ouvir minhas ordens daqui a dez minutos em duas fileiras organizadas.

Uma hora depois, os marinheiros ainda cambaleavam pelo convés, uma massa amorfa e desorganizada de homens. Walter e Hugo estavam de prontidão a estibordo no convés.

Rupert apareceu na parte mais alta do convés, na popa, e passou os olhos pela tripulação. Tinha acabado de colocar pó no rosto e havia um adorno em seu chapéu, um arranjo elaborado de penas coloridas.

— Aquilo ali é um papagaio na cabeça dele? — sussurrou um dos marinheiros, fazendo com que todos soltassem uma risada de escárnio.

Rupert encheu o peito e alisou o bigodinho fino com o nó do dedo indicador.

— Homens! — disse ele. — Como seu almirante, desejo comunicar meus planos para a nossa expedição. Partiremos em uma hora, rumo a oeste, e...

Rupert se deu conta de que havia chegado ao fim de seu plano, então tentou inventar algo mais para dizer:

— ... e descobriremos um continente totalmente novo. Ou um país totalmente novo. Ou uma ilha. Ou algo assim.

Enquanto os marinheiros se dispersavam, Rupert pensou que deveria ter ensaiado melhor seu discurso.

O navio zarpou às duas da tarde. Oliver Muddle comandava e seus homens puxavam cordas e erguiam velas. Rupert posava na proa do navio, olhando através de seu telescópio, como se estivesse buscando algo muito importante. Mas logo ficou com os braços cansados demais para continuar segurando o instrumento. Em vez disso, apenas ficou ali com as mãos nos quadris, tentando parecer concentrado, e de vez em quando passando a mão no bigode.

Walter e Hugo estavam juntos na parte alta da popa, vendo a Inglaterra desaparecer lentamente ao longe. Quando não pôde mais enxergar a costa, Hugo sentiu outra onda de ansiedade se aproximando dele.

Walter pôs a mão em seu ombro e apertou com suavidade.

— Não se preocupe, Hugo. A nossa casa vai estar à nossa espera quando voltarmos. Agora vamos preparar os mapas.

Voltaram à cabine, onde abriram um grande mapa sobre o assoalho de carvalho. Na extremidade direita da folha, estava desenhada a costa oeste da Europa. O restante da folha se encontrava em branco, com exceção de um padrão quadriculado ao fundo, em linhas suaves, com quadrados grandes.

— O senhor acha que há outras terras para lá, tio Walter? — perguntou Hugo, colocando cuidadosamente o compasso sobre a folha.

— Bom, vamos ter de esperar para ver — disse Walter. — Mas precisamos ficar espertos. Suspeito que a tripulação vai precisar da nossa ajuda se vamos mesmo atravessar o oceano!

Mais tarde, quando Walter e Hugo voltaram para o convés, encontraram Rupert andando de um lado para o outro na popa.

— Houve alguma mudança nos planos, almirante? — perguntou Walter.

— Não, de modo algum — respondeu Rupert. — O plano foi planejado com planejamento adequado. Não vejo nenhum motivo para alterar o plano.

— Entendo — disse Walter, diplomaticamente.

— Mas por que então estamos indo para o sul? — perguntou Hugo, sem tanta diplomacia. — O senhor disse que o plano era navegar para o oeste.

— Não seja ridículo, menino! — disse Rupert, irritado. — O que faz você pensar que estamos indo para o sul?

— Bom, o sol está se pondo ali — disse Hugo, apontando para estibordo, onde a luz alaranjada do sol transparecia através das nuvens do fim do dia.

— Sim, estou vendo — respondeu Rupert.

— E, se o sol está se pondo à nossa direita, então não podemos estar indo para o oeste.

— De que diabos você está falando?

— Bom, todo mundo sabe que o sol se põe no oeste — respondeu Hugo.

Rupert franziu a testa.

— Ah, é? — indagou ele, olhando para Walter em busca de confirmação.

— Sim, almirante — disse Walter. — O sol nasce no leste e se põe no oeste.

— Como assim? *Todos* os dias? — perguntou Rupert.

Hugo e Walter fizeram que sim ao mesmo tempo.

— Todos os dias.

— Vire com tudo a estibordo, Muddle! — gritou Rupert, o rosto vermelho de raiva. — Deveríamos estar indo em direção ao sol, seu imbecil! Todo mundo sabe que o sol se põe no oeste, todos os dias!

Capítulo 6

El Tonto Perdido navegou semanas a fio. A tripulação trabalhava em dois turnos. Ficavam a postos durante quatro horas e depois descansavam mais quatro horas, dia e noite. Hugo ajudava a limpar o convés e a consertar as velas. Sua obrigação era cuidar da ampulheta. Assim que a areia acabava, ele precisava virar a ampulheta e gritar para todos, informando que horas eram.

Todos os dias, ao meio-dia, Hugo e Walter mediam o ângulo do sol com o quadrante. O brilho do sol passava pela pínula e projetava a sombra na escala curva. Com a leitura das duas escalas, eles podiam calcular a latitude. Walter fez uma estimativa da velocidade média do navio para calcular a longitude. Ao colocar a posição onde estavam no mapa, podiam verificar se o navio continuava se mantendo no rumo oeste. De forma geral, sim.

Hugo era fascinado pelos marinheiros. Muitas vezes ficava espiando o que faziam quando Walter não precisava dele. Quando não estavam içando velas ou escalando o cordame, os marinheiros passavam os dias cantando ou jogando cartas. À noite, aqueles que não estavam de prontidão passavam o tempo fazendo apostas.

Promoviam corridas com os ratos e as baratas que pegavam, apostando qual deles passaria primeiro pela linha de chegada. Na hora da ceia, batiam os biscoitos na mesa antes de comer. Isso fazia com que qualquer bicho que tivesse se enfiado nos biscoitos saísse, e aí eles competiam para ver quem engolia mais bichos em um minuto.

Os marinheiros até faziam apostas a respeito do almirante. Tentavam adivinhar quanto tempo ele ficaria olhando pelo telescópio para o horizonte vazio (em geral, uns trinta minutos) ou colocando pó no rosto e escovando os cabelos (pelo menos uma hora e meia). Certo dia, depois de uma tempestade, os marinheiros apostaram quantas vezes ele vomitaria pela lateral do navio. (A resposta correta foi dezessete.)

Hugo também gostava de ouvir as histórias que os marinheiros contavam sobre suas expedições. E eles passaram por muitas aventuras!

Aquele que chamavam de Swipe era um homem pequeno e musculoso, com cabelo despenteado e dentes tortos. Swipe lutara contra piratas na Baía de Biscay e matara, sozinho, oito deles numa batalha, atravessando-os com sua adaga.

Outro marinheiro, Hawkeye, tinha um tapa-olho, mas dizia que enxergava perfeitamente com o outro olho. Ficava se gabando de sua visão perfeita e passava o dia na gávea, no topo do mastro principal, em busca de terra firme. Contava histórias sobre suas lutas com tigres marinhos, na Índia, sem usar nada além de suas mãos, e também dragões das montanhas, nos Pireneus.

O marinheiro Rockford era grande como uma casa e parecia feito só de músculos. Ele dizia que tinha quatro cicatrizes paralelas que iam da clavícula até o umbigo, mas não as mostrava a ninguém porque eram feias demais. Contava que um lobo gigante com garras muito afiadas arranhara seu peito, mas ele corajosamente o matara e comera. E, pelo que dizia, tinha gosto de galinha.

Animado com as histórias que ouvia, Hugo as repetia para o tio, admirado. Walter sempre erguia uma sobrancelha e comentava:

— Nossa, eles têm mesmo umas histórias incríveis, não?

— Ai! — gritou Hugo certa manhã.

Ele estava debruçado no chão, de quatro, esfregando o assoalho do convés sob o céu azul e o sol escaldante. A escova molhada escorregou e Hugo acabou raspando a mão no chão de carvalho. Uma farpa de madeira penetrou seu dedo.

— Está com uma farpa, meu chapa? — perguntou Oliver Muddle. — Melhor então vir comigo até o médico do navio. Rusty vai resolver.

— Pensei que o Rusty fosse o cozinheiro — respondeu Hugo.
— E ele é — disse Muddle, com um largo sorriso. — É um homem de muitas habilidades. E muitas facas.

Na galé, Rusty Cleaver agarrou o pulso de Hugo e examinou seu dedo. Assentiu para si mesmo, em silêncio, com ar sábio e pôs a mão de Hugo sobre a mesa.
— Eu consigo tirar a sua farpa rapidinho — disse Rusty. Limpou a mão livre em seu avental ensanguentado e examinou suas ferramentas. Eram apetrechos diversos, mas todos com lâminas bem grandes. A faca que escolheu foi aquela que ele tinha acabado de usar para cortar a carne do picadinho para o jantar dos marinheiros. Rusty agarrou o pulso de Hugo com mais força e ergueu o braço com a faca sobre a cabeça.
— Espera — disse Hugo. — Você não vai cortar o meu dedo fora só por causa de uma farpa, vai?
Rusty começou a gargalhar. Olhou para Oliver Muddle, que começou a gargalhar também.
— Claro que não vou cortar o seu dedo — disse Rusty. — Vou cortar a sua mão toda. Não posso perder o dia inteiro cortando um dedo por vez. Preciso fazer um bolo para o chá da tarde do almirante.
— Não se preocupe, meu chapa — disse Oliver Muddle. — A gente arranja um gancho bonito e brilhante para você pôr no lugar assim que parar de sangrar.

— Mas eu quero ficar com a minha mão. Sou muito apegado a ela — choramingou Hugo.

— Ora, não precisa chorar — zombou Muddle. — Não é o fim do mundo.

Hugo puxou a mão e foi andando de costas até a porta.

— Mas é só uma farpa!

— Se você não fizer a operação, seu dedo poderá ficar infeccionado — disse Rusty. — E você poderá ter gangrena, e ela poderá se espalhar pelo seu braço todo e chegar até o seu cérebro. E aí a sua cabeça vai encolher até ficar do tamanho do seu punho, e os seus olhos vão cair. Você provavelmente terá uma morte lenta, horrível. Vai ficar implorando por misericórdia.

Hugo olhou para Rusty Cleaver e Oliver Muddle e disse:

— Acho que vou pensar melhor a respeito.

Deu meia-volta e subiu correndo para o convés.

O tempo estava mudando. O céu agora estava escuro e uma brisa fria enchia as velas do navio. A superfície do mar estava cheia de picos e vales, como uma cadeia de montanhas. Mais à frente, uma nuvem negra se alargava pelo horizonte e se avolumava até chegar ao céu.

Hugo ficou olhando os marinheiros baixarem as velas: aparentavam um ar de urgência que ele ainda não tinha visto. Encontrou tio Walter no convés da popa, com o almirante Lilywhite.

— Então, o que você aconselha? — indagou Rupert.

— É quase certo que se trata apenas de uma tempestade — respondeu Walter. — Recomendo manter o curso e enfrentá-la.

— Mas parece estar muito escuro ali. Você tem certeza de que não vamos chegar ao fim do mundo e cair pela beirada?

— Bom, o senhor *pode* dar meia-volta — sugeriu Walter. — Claro que Cristóvão Colombo navegou bem mais longe, a oeste, mas, se o senhor estiver com medo...

— Mantenha o curso! — exclamou Rupert para Swipe, que estava manobrando o timão. As mãos do almirante tremiam quando levantou o telescópio novamente.

Walter percebeu que seu sobrinho havia subido ao convés.

— Onde você estava, Hugo?

— Ah, Rusty queria que eu desse uma mãozinha para ele lá na galé, só isso. O que está acontecendo?

— Os homens acham que chegamos ao fim do mundo — disse o tio.

O navio balançou violentamente e Walter agarrou o sobrinho.

— Eles acreditam que o mundo é plano e que, se navegarmos muito longe, vamos acabar caindo no nada.

— Isso é verdade? — indagou Hugo.

Uma chuva torrencial começou a cair sobre o convés. Um clarão iluminou o céu durante um segundo, seguido por um trovão.

Walter sorriu.

— A maioria dos cientistas acredita que o mundo é um globo. Eu nunca vi a beirada do mundo em nenhuma das minhas viagens anteriores. O medo dos marinheiros provavelmente é infundado.

— *Provavelmente?* — disse Hugo.

— Ainda não sabemos o suficiente sobre o mundo para ter certeza — respondeu Walter. — Cabe a exploradores como nós descobrir as respostas.

Hugo fez que sim, com ar resoluto, mas sentia-se meio enjoado — e não só porque o navio estava balançando muito.

O marujo Muddle subiu até a parte de trás do convés com uma expressão de terror nos olhos. Seu cabelo empapado de chuva estava grudado na cabeça, e sua camisa, colada na barriga.

— Almirante! — gritou ele, em meio à tempestade. — O senhor precisa dar meia-volta!

— Não, não darei! — respondeu Rupert. — Se Cristóvão Colombo pôde ir mais longe, então eu também posso.

— Mas nós podemos morrer! — exclamou Oliver Muddle.

— Deve ser somente uma tempestade — disse Walter.

— E se você estiver errado, velho? — indagou Muddle, desesperado. — E se todos nós cairmos e morrermos?

— Não precisa ter medo, Muddle — disse Hugo, sorrindo. — Não é o fim do mundo.

Era uma tempestade terrível. O navio estava sendo castigado pela chuva, e o mar bravo balançava a embarcação como se ela fosse uma rolha de cortiça. Alguns marinheiros ficaram juntos, amontoados, rezando; outros bebiam mais do que o habitual e choramingavam, dizendo que iam morrer. O almirante Lilywhite escondeu-se em sua cabine, pois estava enjoado — muito enjoado. A chuva tirara o pó de arroz de seu rosto, mas ele continuava mortalmente pálido.

Walter segurava-se num canto da cabine da tripulação e abraçava Hugo, que, por sua vez, apertava a cabeça contra o peito do tio, agarrando-se a ele com força. Quando o navio subia pelas ondas grandes como montanhas, parecia que ia virar. Quando descia do outro lado da onda, Hugo tinha a impressão de que seriam engolidos pelo oceano. A água do mar batia na proa e cobria o convés do navio. Tudo o que não estava amarrado era levado embora pela água.

Hugo tinha a impressão de que a tempestade não acabaria nunca. Mas, no dia seguinte, o sol apareceu e a tempestade sumiu com a mesma rapidez com que havia aparecido. As nuvens se abriram e o mar ficou calmo.

No começo, os marinheiros pareciam relutantes, não queriam subir até o convés. Somente quando tiveram certeza de que o navio não estava prestes a cair pela beirada do mundo é que voltaram a seus afazeres. Ainda meio desconfiados, tiraram a água do navio e consertaram as velas. Escalaram o cordame e limparam o convés. Lentamente, tudo voltou ao normal.

Walter tirou a farpa do dedo de Hugo. Derramou água fervente sobre a ponta de um de seus compassos e utilizou-a para retirar o pedacinho de madeira. A mão de Hugo não teve gangrena. E sua cabeça também não encolheu nem seus olhos caíram.

À noite, Hugo e Walter jogavam xadrez ou então subiam ao convés para estudar as estrelas. Agora que o céu estava novamente limpo, Walter ensinava Hugo a reconhecer algumas das constelações.

— Ali está o Arado — disse Walter certa noite, apontando para o céu salpicado de estrelas. Pôs a cabeça junto à de Hugo para que ambos pudessem olhar na direção de seu dedo esticado, enquanto ele traçava um arado no céu.

— Estou vendo! — exclamou Hugo.

— Também é conhecido como Ursa Maior.

— E como pode ser um arado e uma ursa ao mesmo tempo? — quis saber Hugo.

— Basta olhar de outra maneira — explicou Walter, delineando novamente as estrelas, mas numa ordem diferente.

Hugo ficou maravilhado.

— Também consigo ver a forma de urso!

— Como cartógrafo, você deve sempre se lembrar de que existe mais de uma maneira de se olhar para as coisas — disse Walter.

Hugo ficou alguns instantes refletindo sobre o que seu tio dissera e assentiu com convicção.

— Eu adoro estudar o céu quando não há nuvens — disse Walter. — É como se a gente pudesse ver até o infinito.

Hugo sorriu e disse:

— É. Fica até difícil imaginar que pode ficar nublado de novo.

Embora ele estivesse aliviado por terem sobrevivido à tempestade, a monotonia da vida no navio já começava a deixá-lo frustrado. As horas tornaram-se dias, os dias tornaram-se semanas, as semanas tornaram-se meses. Hugo começou a pensar que não havia nada mais naquele oceano inteiro além do pequeno navio e dos marinheiros que o conduziam.

Até que, certo dia, o navio atingiu algo sólido.

Capítulo 7

Um baque bem alto ecoou pelas cabines, por baixo do convés. O navio deu uma guinada, lançando alguns dos marinheiros ao chão.

— Será que finalmente encontramos terra firme? — indagou Hugo, ofegante.

— Não tenho certeza. Vamos lá ver — disse Walter.

Subiram correndo para o convés. Os marinheiros já estavam todos perto da popa, examinando a água.

Hugo e Walter juntaram-se ao grupo. Não havia nenhuma terra à vista; o mar estava calmo, infinito; as águas de uma tonalidade azul-turquesa continuavam profundas.

— Marujo Swipe! O que foi que atingimos? — gritou o almirante Lilywhite, surgindo de sua cabine.

Swipe encolheu os ombros.

— Não há nada aqui, almirante.

— Tem de haver *algo* aí, seu imbecil.

E foi então que se ouviu outro baque — dessa vez, do outro lado da embarcação — e o navio deu outra guinada.

Todos correram para ver o que havia do outro lado. De novo, não havia nada além do mar calmo e das águas profundas.

— Talvez seja um fantasma — disse Rockford. Sua voz estava estranhamente aguda para um homem tão grande.

Hugo estava certo de que os outros marinheiros ririam dessa ideia ridícula.

— Sim, deve ser isso — disse Oliver Muddle. — É o... hã... Demônio das Profundezas.

Hugo estava certo de que Muddle acabara de inventar aquele nome, mas os outros marinheiros assentiram, como se soubessem do que ele falava.

— Foi o Demônio das Profundezas que afundou dois navios de Vasco da Gama no Mediterrâneo — disse Hawkeye.

— É — concordou Swipe. — Ele engole os navios de uma só vez.

— Eu vi o monstro uma vez — disse Rusty Cleaver. — As mandíbulas são do tamanho deste navio. E os tentáculos são duas vezes maiores.

Hugo olhou para tio Walter. Ele sorriu para o sobrinho e balançou a cabeça.

— Olhem ali! — gritou alguém. — Está ali!

A uns 30 metros da amura, a estibordo, um peixe gigante saltou da água, traçando um arco perfeito no ar, e depois mergulhou de volta no oceano. Todos engoliram em seco.

— Corram para os arpões! — gritou Oliver Muddle. — O Demônio das Profundezas está próximo!

A criatura saltou novamente para fora da água. Dessa vez, estava perto o suficiente para que Hugo pudesse observá-la melhor. Tinha cerca de doze metros de comprimento e um corpo arredondado na frente que ia afinando, como se fosse uma lágrima. Tinha também uma cauda achatada de peixe e uma única barbatana curva no dorso. Além disso, possuía quatro grandes nadadeiras, que usava para se impulsionar dentro d'água. Espirrava água por um orifício no topo da cabeça e seu focinho era comprido, com uma ponta arredondada.

A criatura mergulhou para debaixo do navio. Ouviu-se outro baque antes que pulasse da água, do outro lado.

— Matem o Demônio! — ordenou Oliver Muddle. — Ele está tentando nos afundar!

— Esperem! — gritou Hugo. — Isso não é um demônio.

— É o Demônio, sim — insistiu Rusty.

— Você disse que ele tinha tentáculos compridos e mandíbulas do tamanho deste barco.

Rusty hesitou.

— Ele tinha, da última vez que eu vi — disse Rusty, tentando ganhar tempo. — Mas ele... ele pode mudar de forma, entende?

— É isso mesmo — concordaram os outros marinheiros, em coro. — É um desses seres que mudam de forma. — Todos estremeceram ao pensar no fato e voltaram a se ocupar com os arpões.

— Não é um demônio — insistiu Walter. — É somente um botossauro, um dos mamíferos mais dóceis do oceano. Deve haver poucos deles ainda vivos no mundo. Se você matar esse, eles estarão mais próximos da extinção. Além disso, ele não está tentando nos afundar. Está brincando conosco. Ele acha que o nosso barco é outro peixe.

Os marinheiros o ignoraram. Rockford pegou um arpão e o segurou acima da cabeça, como uma lança. Hugo sabia que precisava agir rapidamente. Viu uma faca que Rusty havia deixado largada no convés. Pegou a faca e cortou uma parte do cordame. A vela que as cordas seguravam caiu no convés, em cima de Rockford, afogando-o embaixo de um monte de lona.

O marinheiro praguejou, lutando contra as velas, fazendo cara feia para Hugo. Ele pegou outro arpão e esperou até o alvo ficar mais próximo.

— Precisamos fazer alguma coisa! — disse Hugo a seu tio. — Não podemos deixá-los matar aquele pobre botossauro.

— Não há nada que possamos fazer — disse Walter, com voz triste. — Esses marinheiros não acreditam em nada além de suas superstições. Toda a existência deles é governada por histórias de anjos e demônios.

— Anjos e demônios, é? — repetiu Hugo, uma ideia surgindo em sua mente. Foi até Oliver Muddle e ficou perto dele. Juntos observaram o botossauro brincando no mar. — Que curioso! — exclamou Hugo.

— O quê? — perguntou Muddle.

— Ah, nada, não. Eu só estava pensando.

Ouviram outro baque, e o navio mais uma vez balançou.

— Pensando no quê? — insistiu Muddle, impaciente.

— Deve ser só coincidência — disse Hugo. — Mas é que aquela criatura se parece muito com o Anjo dos Oceanos, você não acha?

Silêncio.

— Você já ouviu falar no Anjo dos Oceanos, suponho — perguntou Hugo.

— Mas é claro — disse Muddle, franzindo a testa.

— Então você sabe que a lenda o descreve como uma criatura com focinho afilado e com nadadeiras que parecem remos gigantes, não?

— Sim, obviamente.

Rockford ficou segurando o arpão no ar.

— Então você sabe que essa criatura traz boa sorte para todos os marinheiros. E que, na verdade, quando ela nos visita, dizem que é a maior bênção de todas.

— Ora, qualquer marinheiro sabe disso! — respondeu Muddle, prontamente.

Rockford baixou a mão que segurava o arpão.

— E você também deve saber — continuou Hugo — que qualquer navio que faça mal ao Anjo dos Oceanos vai direto para o inferno e depois fica navegando para sempre em meio à danação.

— Solte esse arpão imediatamente! — gritou Oliver Muddle.

Rockford olhou para o outro lado com expressão confusa.

— Essa criatura é o Anjo dos Oceanos! — disse Muddle.
— Como você ousa pensar em fazer mal a ela?

Ouviram outro baque, e o navio balançou novamente. Todos os marinheiros fizeram uma saudação.

— Fomos abençoados! — disse Rusty, rindo de alegria.
— O Anjo dos Oceanos nos visitou! Fomos, de fato, abençoados!

O botossauro nadou com o navio o dia inteiro. Os marinheiros ficavam olhando enquanto o bicho mergulhava na água e dava um salto bem grande ao subir à superfície, de vez em quando virando de costas no meio do salto. Quando tocava no mar, ele fazia um movimento rápido com sua enorme cauda, espirrando água sobre todo mundo no navio. Alguns marinheiros fizeram apostas sobre quanto tempo o convidado ficava debaixo d'água. Naquela noite, ouviram um ou outro baque no casco do navio, assegurando-lhes de que ainda tinham companhia.

Capítulo 8

— Terra à vista!

Hugo foi acordado pelos gritos de Hawkeye, que estava na gávea. Durante alguns instantes, pensou que tivesse sonhado com os gritos — mas aí ouviu de novo.

— Terra à vista!

Jogou longe o cobertor e, deixando Walter num sono profundo, correu para o convés. Mas, quando chegou lá em cima, ficou terrivelmente decepcionado. O navio atravessava a névoa mais espessa que ele já vira. A proa do *El Tonto Perdido* estava completamente oculta por uma nuvem densa e branca, e os marinheiros, a poucos passos de distância, pareciam vultos fantasmagóricos. Não era possível que Hawkeye conseguisse enxergar qualquer coisa no horizonte. Ele devia estar pregando uma peça em todos.

Tremendo de frio naquele ar úmido, Hugo aproximou-se de alguns marinheiros que estavam perto do mastro principal. Eles gritavam para Hawkeye lá em cima.

— Você está enxergando terra? — indagou Bandit, que havia perdido o braço direito numa luta com um enorme tubarão-branco. — Eu não consigo nem enxergar a minha espada na minha frente.

— Acho que o seu olho está pregando peças em você — gritou Rockford.

— É — concordou Swipe. — Você deve ter se enganado!

Com um baque, Hawkeye voltou ao convés, pulando os últimos seis degraus do cordame. Os marinheiros pararam de rir e fizeram um círculo em torno dele. Hugo abriu caminho por entre eles para chegar mais à frente.

— Eu tenho certeza de que não me enganei — disse Hawkeye, seu olho arregalado de tanta animação. — Tem terra lá na frente, em meio à névoa.

— Você está louco — resmungou Bandit. — Você devia estar segurando o telescópio na frente do tapa-olho.

Hawkeye balançou a cabeça com veemência.

— Não estou louco. Se você não acredita, pode ir lá ver.

— Mas que ideia excelente — disse uma voz. Hugo reconheceu a dicção refinada de Rupert. — Vamos então pedir que um voluntário suba até a gávea para confirmar o que nos disse o marujo Hawkeye.

Hugo percebeu que todos os marinheiros deram alguns passos arrastados para trás. Enquanto eles se entreolhavam, ele olhou para cima, para o mastro que atravessava a névoa. Era uma subida de dar medo, mas ele estava muito ansioso para saber se Hawkeye estava certo. Respirou fundo.

— Eu vou! — disse ele, dando um passo à frente.

— Ora, ora — disse Rupert. — Se não é o nosso jovem aprendiz! Mas que corajoso da sua parte se oferecer!

Hugo colocou o telescópio de Hawkeye em sua bolsa de couro e começou a subir. Escalava com passos cuidadosos e lentos o cordame, a enorme teia de cordas que ia se estreitando até chegar à extremidade do mastro. A corda era áspera contra suas mãos, mas ele se segurava o mais firme que podia, e suas botas de couro leve também o ajudavam a ficar firme. Logo ele não conseguia mais enxergar o convés do navio, pois havia sido encoberto pela névoa, tampouco conseguia enxergar o topo do mastro. Estava sozinho num casulo nebuloso.

Quanto mais alto ficava, mais conseguia sentir o movimento do navio — cada movimento era amplificado, e mesmo o balançar mais suave causava uma oscilação de revirar o estômago. Hugo tentou não pensar na náusea que sentia. Ficou dizendo a si mesmo que estava ali em busca de aventura, no fim das contas.

Olhando para cima, conseguiu, com dificuldade, enxergar a parte inferior da gávea. Sentiu-se aliviado por estar quase no fim da subida, mas também se sentia frustrado por só conseguir enxergar poucos palmos de distância naquela névoa. Hawkeye devia ter imaginado que vira terra firme.

Hugo subiu com esforço para dentro do cesto da gávea e ficou olhando com muita dificuldade, em meio à névoa, para todas as direções. Depois, debruçou-se na beirada e gritou para os homens lá embaixo.

— Não consigo enxergar nada! Está enevoado demais!

Após um ou dois segundos, ouviu a voz de Hawkeye chegando até ele, vinda da escuridão: — Você é muito baixinho — dizia ele. — Experimente ficar de pé no barril.

Hugo tateou com o pé o assoalho da gávea e encontrou um barril de cerveja vazio, deitado de lado. Colocou o barril de pé e ficou em cima dele, ajoelhado. Depois, pôs os pés no barril, um de cada vez, até ficar agachado. Lentamente, começou a ficar de pé. A base do barril não era plana e ele oscilava feito uma mesa numa rua cheia de pedrinhas. Hugo esticou os braços para se equilibrar.

Quando esticou as pernas e o pescoço, algo incrível aconteceu: sua cabeça e seus ombros subiram acima da névoa e alcançaram o dia claro e azul lá em cima!

A superfície da névoa fazia morrinhos suaves, e a imagem lembrava a Hugo a neve recém-caída sobre os campos na Inglaterra. Lembrou-se de um dia em que passeava por um vale com seu pai: a neve havia derretido em todos os morros, menos em um.

— Aquele é o rei de todos os morros — dissera-lhe Jack. — O pico mais alto é sempre o primeiro e o último a ter neve. É a coroa da natureza.

Hugo equilibrou-se enquanto o mastro balançava, fazendo um amplo arco de um lado para o outro, como se

fosse um metrônomo gigante. Então, ao olhar para trás, por cima de seu ombro direito, ele viu.

Era uma silhueta longa e fina, oculta pela névoa, à espreita, como se fosse um crocodilo adormecido. Hugo pulou, desceu do barril e se debruçou na lateral da cesta.

— Terra à vista! — gritou ele, vitorioso. — Terra à vista!

Capítulo 9

O almirante Lilywhite ordenou que Oliver Muddle virasse o navio. Em poucos minutos, o navio saiu daquela névoa confusa e penetrou a clareza da manhã. Era um dia bonito: o ar estava límpido e o sol dançava sobre as suaves ondulações na superfície do oceano. Com os músculos inchando como balões em razão do esforço, Rockford operava o guincho que abaixava a âncora.

Walter ouviu Hugo gritar e foi ver do que se tratava toda aquela algazarra. Chegou no exato instante em que seu sobrinho pulava do cordame para o convés.

— Tio Walter, eu vi uma ilha! — gritou Hugo, pulando sem parar.

— Onde? — perguntou Walter, olhando em volta, tentando enxergar, piscando feito uma toupeira à luz do dia.

— Uma ilha escondida atrás da névoa!

— Será que sou o primeiro a descobrir esta ilha? — disse Rupert. — Será que o almirante Rupert Lilywhite finalmente encontrou um território virgem?

— Bom — disse Walter, sorrindo. — Não podemos afirmar com certeza. Vem, Hugo. Melhor verificarmos nossos mapas, não é?

Foram para a cabine e abriram o enorme mapa do oceano no chão. Hugo ficou observando durante meia hora enquanto Walter estudava o mapa, medindo ângulos e traçando linhas com sua pena de escrever. Quando Walter fazia arcos, Hugo ficava olhando atentamente, e quando Walter coçava a cabeça, ele também coçava. Walter mandou o sobrinho ir ao convés medir o ângulo do sol. Quando Hugo voltou, Walter fez mais alguns cálculos. Finalmente, os dois retornaram.

— E então? — perguntou Rupert, impaciente. Os marinheiros reuniram-se atrás dele.

— Verifiquei todas as nossas trajetórias e chequei duas vezes todos os cálculos — disse Walter. — E, de acordo com todos os mapas oficiais, não existe terra conhecida num raio de trezentos e vinte quilômetros da nossa posição.

— VIVA! — exclamaram todos.

— Precisamos comemorar. Todos os membros da tripulação podem beber uma caneca de cerveja — disse Rupert, aparentemente sem perceber que os marinheiros já estavam bebendo.

— Batizarei esta ilha de Rupertânia e a incluirei no meu brasão. Devemos voltar para a Inglaterra imediatamente para partilhar a novidade da minha grande descoberta. Em breve, todos conhecerão o nome do famoso explorador, o almirante Rupert Lilywhite, o corajoso descobridor de Rupertânia.

Hugo e Walter entreolharam-se, sem acreditar no que ouviam.

Hugo falou primeiro.

— Mas o senhor não vai voltar para casa sem ter colocado os pés na ilha, não é, almirante? — perguntou ele, incrédulo.

— Não acho que seja necessário — disse Rupert.

— Mas *é* o que se costuma fazer, almirante — disse Walter. — Geralmente, os exploradores não consideram de fato que tenham descoberto um novo território sem pelo menos ir até a praia e examinar o lugar.

— Ah, é? — disse Rupert, desapontado. — Isso está me parecendo meio trabalhoso. Afinal, já fiz a parte difícil, que é encontrar o lugar. Acho que é injusto que eu também tenha de desembarcar.

— É uma boa ideia levar algo de volta da ilha para mostrar a todos o lugar exótico que o senhor descobriu — sugeriu Walter. — Por exemplo, Colombo trouxe papagaios e cocos das Índias.

— Então eu só preciso ir até a praia e pegar uns cocos?

— Bom, o coco já foi descoberto — respondeu Walter. — Seria melhor trazer algo novo, algo que as pessoas ainda *não* viram.

— Como o quê, por exemplo?

— Eu não saberia dizer.

— Escute, homem, não precisa ser tão misterioso — disse Rupert, irritado.

— Não posso dizer ao senhor o que trazer, almirante, porque não tenho a menor ideia do que possa ser — disse Walter, com uma risadinha.

— Arrá! — exclamou Rupert, com um sorriso triunfante.
— Se você não tem ideia do que possa ser, como sabe que *não* é um coco?

Sem esperar pela resposta, Rupert virou-se para falar com o restante da tripulação.

Walter olhou para Hugo e encolheu os ombros.

— Homens! Se me permitem... Por favor, preciso de um pouco de atenção — anunciou Rupert. — Como vocês sabem, descobri essa enorme ilha, ou continente, ou o que quer que seja.

Ele fez uma pausa, esperando uma ovação.

Silêncio.

— Bom, aparentemente existem certos detalhes técnicos. Isso significa que, antes de voltarmos para casa, alguém precisará ir até a ilha. Então eu gostaria que voluntários fossem até a praia e de lá trouxessem alguns cocos. Por favor, não gritem todos ao mesmo tempo.

Hugo imaginava que todos os marinheiros estivessem ansiosos pela oportunidade de investigar uma terra desconhecida. Afinal de contas, eram grandes exploradores e aventureiros. No entanto, todos fingiam estar distraídos, examinando os próprios sapatos ou as unhas das mãos. Alguns começaram a assobiar, mas ninguém se ofereceu. Ninguém.

E então, finalmente, começaram a falar:

— Eu não posso ir, pois sou alérgico a areia — disse Rockford. — E a remar também — acrescentou ele, só para garantir.

— Eu daria o meu braço direito para ir até lá e explorar a ilha — comentou Bandit. — Mas, infelizmente, não tenho o braço direito.

— Não posso pegar cocos por causa da minha terrível alergia a cocos — explicou Hawkeye. — Basta eu olhar para um que fico inchado feito um baiacu.

Rupert já estava ficando bastante frustrado com sua tripulação quando Oliver Muddle perguntou se podia conversar com ele em particular. Oliver disse que havia pensado numa solução que deixaria todos satisfeitos. Hugo ficou olhando enquanto os dois homens cochichavam entre si, imaginando o que estariam tramando. De vez em quando, um dos dois olhava de soslaio para ele, desviando o olhar quando percebia que Hugo estava olhando de volta. Finalmente, Rupert aproximou-se do menino e de Walter. Os marinheiros reuniram-se atrás dele mais uma vez.

— A tripulação e eu decidimos que duas pessoas devem remar até a praia para explorar a ilha de Rupertânia — disse Rupert.

Walter e Hugo concordaram. Rupert continuou:

— Bom, é evidente que sou importante demais para perder o meu tempo passeando numa ilha deserta, tentando encontrar cocos.

Hugo estava pensando que o almirante Lilywhite não havia de fato entendido o que era ser um explorador.

— Na verdade — continuou Rupert —, seria loucura alguém ficar andando sem rumo numa ilha sem um mapa. Deus queira que não, mas poderia acabar se perdendo!

Hugo e Walter entreolharam-se e franziram a testa.

— Portanto, vou enviar vocês dois na frente para fazerem um mapa detalhado da ilha. Vocês devem pegar uma ou duas frutas parecidas com cocos e remar de volta para o navio. Assim que tivermos o mapa, eu e o restante dos homens estaremos preparados para explorar a ilha sem medo de nos perder.

Walter sorriu de um jeito educado.

— Almirante, Hugo e eu não temos como nos defender. Será um prazer ir até a praia e fazer um registro do que há na ilha, mas peço que alguns destes corajosos homens nos acompanhem e nos protejam. E devo insistir para que Hugo fique no navio, pelo menos até que eu faça uma investigação preliminar do local.

Ouviu-se um tilintar metálico: era Oliver Muddle sacando sua adaga. Ele apontou a lâmina curva na direção de Walter.

— Acho que você não está entendendo o almirante Rupert — disse ele, sorrindo maliciosamente, revelando uma fileira de dentes prateados e brilhantes.

— O marujo Muddle tem razão — disse Rupert. — Meu plano não é um pedido. É uma ordem. Está claro?

— Bom, não temos escolha, não é? — observou Hugo.

— Claro que têm, meu chapa — disse Oliver Muddle num tom suave. — Vocês podem entrar naquele barco a remo em dez minutos ou então andar na prancha.

Capítulo 10

Com o coração acelerado, Walter e Hugo correram para baixo do convés a fim de pegar os apetrechos essenciais à aventura, e bem atrás deles vinham Swipe e Rockford, que os mantinham na ponta da espada o tempo todo. Walter colocou em sua bolsa o equipamento para preparar mapas — penas para escrever, papel, seu quadrante e a corda de medição. Enquanto isso, Hugo procurava comida. Todos os marinheiros haviam comido ovos no café da manhã, e Hugo conseguira encontrar alguns debaixo da palha na gaiola das galinhas; enrolara-os em um pano e enfiara em sua bolsa, junto com alguns biscoitos e dois cobertores.

Quando deram por si, já estavam sendo abaixados pela lateral do navio em um pequeno barco a remo feito de madeira. O barco atingiu a superfície do oceano com um "paf!". Os marinheiros subiram as cordas pelas roldanas, e Walter começou a remar.

— Voltem logo e tragam o meu mapa e os meus cocos — exclamou Rupert. — Não podemos ficar aqui para sempre, certo?

Enquanto o barco entrava lentamente na névoa, Hugo e Walter observavam o navio desaparecer de vista. Logo estavam sozinhos em meio à escuridão.

Hugo sentia o ar úmido contra o rosto e também penetrando em suas roupas. Começou a tremer e pôs os joelhos perto do peito, contraindo a mandíbula para não tiritar de frio.

— Ora, ora — disse Walter, bufando um pouco por causa do esforço de remar. — Mas que aventura estamos tendo!

E sorriu, mas, mesmo na névoa, Hugo conseguia ver que não era o sorriso costumeiro de seu tio.

— Sim — respondeu Hugo, com o coração batendo mais forte —, uma aventura de verdade! E só nós dois!

Hugo sorriu, nervoso.

— Não se preocupe — disse Walter. — Farei um mapa básico da ilha, não vai demorar. E estaremos logo de volta ao navio, antes que você consiga dizer "Rupert precisa de um cérebro novo".

A névoa deixou Hugo desorientado, como se usasse uma venda nos olhos. Podia ouvir o barulho da água contra o barco, mas não conseguia ver se estavam se movimentando. Sem o sol como referência, ele não tinha a menor ideia de quanto tempo haviam ficado no barco — talvez uma hora, talvez três. Depois, nem mesmo sabia ao certo o que era o céu e o que era o mar.

De repente, a névoa ficou para trás, e agora eles remavam sob um céu límpido e azul. Walter nunca vira uma névoa tão bem-delimitada. Parecia uma parede de fumaça bem no meio do oceano.

Mas Hugo estava fascinado com outra coisa, algo que estava mais à frente.

— Ali! — disse ele, com os olhos arregalados e a voz esganiçada. — Lá está a ilha! Estamos quase chegando!

Um penhasco imenso, uma rocha negra e áspera, avultava sobre o oceano feito um carvão gigante. À medida que Walter remava e se aproximava, Hugo podia enxergar as ondas arrebentando numa praia estreita, com uma estranha areia roxa. Aquela enseada colorida era diferente de tudo que ele havia imaginado. Sentiu a alegria se apoderar dele.

O barco parou de repente quando atingiu a praia. Walter pulou para fora do barco, pegou a corda e o arrastou por alguns metros pela areia. Amarrou a corda numa rocha e ajudou Hugo a pular para a terra firme.

— Não é incrível? — indagou Walter, sem fôlego. — Nunca vi nada parecido.

— Nem eu — disse Hugo, virando-se lentamente para ver o oceano. — A névoa é como um escudo que esconde a ilha.

— Exatamente — disse Walter. — Deve ser por isso que ninguém a descobriu antes.

— E agora, o que devemos fazer? — perguntou Hugo.

Walter inclinou a cabeça para trás, para observar a face inclinada do penhasco.

— Bom, não vai ser possível escalar isso aí, então é melhor explorarmos a praia e ver se existe outro caminho para entrar na ilha.

A praia tinha o formato de uma lua crescente, circundando uma enseada não muito profunda. Em cada uma das extremidades da enseada, grandes falésias rochosas se estendiam sobre o mar feito dedos retorcidos. Não havia como contorná-las. E, circundando a enseada, aquele penhasco rochoso, tão alto quanto os muros do Castelo Plymouth.

— É impossível — disse Walter, finalmente. — Precisaremos voltar para o navio e relatar o fato ao almirante. Ou ele manda alguns dos homens para escalar a rocha, ou então precisará dar a volta na ilha e procurar um lugar melhor para atracar.

— Mas a gente já precisa voltar? Não podemos ficar aqui um tempinho? É tão legal essa sensação de que finalmente somos exploradores!

O instinto de Walter dizia-lhe que o melhor era voltar para o navio. Olhou em volta, observando a praia. Tudo parecia calmo e silencioso. Então tornou a olhar para o rosto ansioso de seu sobrinho.

— Está bem — disse ele. — Ficaremos algumas horas aqui. Mas depois teremos de voltar direto para o barco.

— Eba! — celebrou Hugo. — Vamos fazer uma fogueira!

Tirou suas botas e correu descalço pela praia, deixando um rastro de pegadas na areia roxa.

Capítulo 11

Hugo e Walter encontraram uma piscina natural e lá conseguiram pescar dois caranguejos do tamanho de um pires. Fizeram uma pequena fogueira com pedaços de madeira, enfiaram galhos nas carapaças dos caranguejos e os seguraram sobre a chama. Nenhum deles falou nada durante um bom tempo. Os únicos ruídos eram o sussurrar do oceano e o crepitar do fogo.

Walter pegou seu caranguejo, quebrou uma das patas e colocou-a numa pedra. Partindo a casca, tirou um pedaço de carne branca do tamanho de seu polegar e deu para Hugo. A carne era macia e saborosa. Parecia derreter em sua língua.

— Está uma delícia! — disse ele. — Tão macio! E não tem nenhum osso.

Walter sorriu, retorcendo o bigode.

— Bom, sem dúvida é melhor do que comer rabanete cozido na hora do chá.

Quando terminaram de devorar a carne dos dois caranguejos, Hugo e Walter deitaram de barriga para cima na areia.

— Ontem à noite eu sonhei que era o primeiro explorador a chegar à Índia pelo mar — disse Hugo. — Estudei os seus mapas. Se seguíssemos a rota correta, acho que poderíamos sair de Plymouth e chegar à Índia em seis meses.

— Da Inglaterra para a Índia em seis meses? — indagou Walter, dando um assobio de surpresa. — Não sei se será possível viajar tão rápido assim nem mesmo no futuro!

— Bom, em que continente o senhor acha que estamos agora? — perguntou Hugo.

— Não sei dizer. Estamos mais ao norte em relação ao ponto que Colombo alcançou. Mas, como você sabe, eu não acho que ele tenha navegado o suficiente para chegar à Índia. Ele não pôde passar, ficou bloqueado por um continente desconhecido.

— Quantos continentes o senhor acha que existem?

— Bom, essa é a pergunta que vale um milhão de moedas de ouro — disse Walter. — Mas acho que estamos prestes a descobrir. Estamos vivendo em uma época maravilhosa para a exploração. O mundo existe há milhões de anos, e só agora a humanidade tem embarcações e conhecimento suficientes para poder navegar pelos vastos mares. Vasco da Gama diz que logo ele será o primeiro homem a chegar à Índia, isso se você não chegar lá primeiro.

— Precisamos ser rápidos — respondeu Hugo, sorrindo para o tio.

— Nossa compreensão do mundo aumenta a uma velocidade incrível. Temos muita sorte de poder desempenhar um papel nessa história — disse tio Walter, e continuou, num sussurro: — Os mapas são a chave que abrirá o mundo, Hugo. Quando o mapa-múndi estiver completo, tudo será possível. Com mapas confiáveis para nos guiar, não vejo por que alguém um dia não possa até mesmo dar a volta ao mundo.

Hugo ficou com os olhos arregalados.

— E quem sabe um dia as pessoas comuns não vão poder viajar oceano afora só para conhecer outros países? — completou Hugo.

— A sua imaginação é incrível, Hugo — disse Walter, retorcendo de novo o bigode com um sorriso. — Daqui a pouco você vai me dizer que um dia um homem vai chegar à lua numa embarcação mágica.

Hugo enrubesceu e ficou sentado calado por alguns instantes. Tirou a franja dos olhos e franziu a testa.

— Mas então agora a gente pode estar numa ilha ou num continente completamente novo, é isso?

— Sim. Mas uma coisa é certa: este lugar não existe em nenhum dos mapas que eu vi até hoje.

Hugo respirou fundo. O ar ali era puro. Não havia esgoto nem pessoas suadas.

— Aqui é tão tranquilo — disse. — Dá pena estragar o lugar trazendo pencas de comerciantes para cá.

— Não poderemos manter segredo para sempre — disse Walter, sorrindo.

— Será que a gente não pode passar a noite aqui? Só nós dois? — implorou Hugo. — Este lugar é um paraíso.

A fogueira já estava se extinguindo. As chamas já haviam sumido e o carvão em brasa sibilava suavemente. O sol mergulhava lentamente no mar e o céu estava cor de sangue, uma cor que se misturava com o azul profundo.

— Só por uma noite, então — concordou Walter. Sentia-se feliz por satisfazer as vontades de seu sobrinho, mas a verdade é que o próprio senso de aventura começava a se esvair. Fazia muito tempo que ele não sentia mais essa expectativa que fazia seus dedos formigarem. — Mas vamos precisar de mais madeira para o fogo. Do contrário, morreremos congel...

Sua última palavra foi afogada pelo grito estridente de uma ave, vindo do alto. O grito ecoou de maneira lúgubre na face rochosa e pareceu sumir no mar. Walter e Hugo ficaram petrificados de medo.

Ouviram outro guincho, e depois mais outro. E então o som lento e ritmado do bater de asas, que parecia o de uma vela de navio se debatendo ao vento, seguido por um longo silêncio. Depois, mais algumas batidas de asas e de novo o silêncio. Instintivamente, Walter ficou de pé. Enquanto percorria o céu com o olhar, tateou até encontrar Hugo e o levantou.

As silhuetas de três criaturas aladas pairavam acima deles em círculos lentos. Embora o padrão de voo fosse semelhante ao dos falcões e abutres, aqueles não eram pássaros comuns. Hugo não sabia dizer a que distância estavam, mas, só pelo ritmo do movimento, dava para ver que eram grandes. Estimou que a envergadura de uma asa até a outra fosse umas três vezes a própria altura. Quando o sol poente se refletiu no contorno de suas cabeças, ele levou um susto: as aves tinham focinhos curtos em vez de bicos.

De vez em quando, paravam de circular e ficavam planando, batendo as asas enormes para pairar no ar.

— O que *são* essas coisas? — perguntou Hugo, com medo.

— Alguma espécie de pássaro caçador — respondeu Walter.

— Mas então... o que estão caçando?

Walter agarrou o pulso de Hugo e começou a puxá-lo pela praia, na direção do penhasco.

— A gente! Corre!

Capítulo 12

Um dos três pássaros gigantes deu um mergulho no ar. Com as asas rentes ao corpo, ele mergulhou de cabeça em direção à presa que fugia. Repentinamente ágil, a ave atravessou o ar da noite como um raio. Era um caçador nato e sua visão, tão afiada quanto suas garras.

Examinando as duas silhuetas que corriam pela areia como insetos, o instinto lhe dizia que a presa menor seria mais fácil de capturar e matar. A ave continuou com as asas rentes ao corpo até ficar poucos metros acima de seu alvo. Numa fração de segundo, abriu as asas, expandindo as penas enormes e bateu-as com força para frear a descida. Ao mesmo tempo, manobrou o corpo para que suas patas ficassem mais para baixo, como se fosse aterrissar.

Quando começou a planar no ar, suas garras abriram-se feito a boca de um filhote de pássaro que aguarda comida. Seu cálculo foi preciso. A ave conseguiu sentir os ombros da pequena silhueta roçando suas garras. E então as contraiu.

Hugo tropeçou numa pedra e caiu de joelhos. Sentiu algo puxar a parte de trás de sua camisa e em seguida soltar.

Walter colocou-o de pé. Sentindo fortes lufadas de ar em sua direção, como se houvesse foles gigantes acima de sua cabeça, ele olhou para o alto. O céu estava encoberto por muitas penas. Bem acima de sua cabeça, a criatura semelhante a um pássaro estava subindo e batendo as asas com força, erguendo-se para o céu.

Ela levaria alguns instantes para se dar conta de que não havia nada em suas garras. Pálido, Hugo percebeu que a queda, sem dúvida, tinha salvado a sua vida.

Hugo e Walter correram para a face rochosa e ficaram o mais próximo possível da rocha, mantendo os olhos fixos nos predadores que circulavam acima deles. Esgueiravam-se contra a rocha e, ao mesmo tempo, tateavam-na em busca de alguma fresta ou reentrância que pudesse servir de abrigo.

— São águias gigantes? — sussurrou Hugo, apertando os olhos, perscrutando o céu.

Walter balançou a cabeça.

— Não necessariamente. Podem ser de uma espécie que nunca tenhamos visto.

Outra ave começou a descer. Dessa vez, Walter a viu mergulhar e empurrou Hugo para as suas costas. O míssil negro acelerou na direção de Walter e de repente revelou suas garras letais. Walter ergueu uma das mãos para proteger o rosto e sentiu as garras ao redor de seu antebraço. O pássaro-monstro bateu as asas furiosamente e, pela primeira vez, Hugo pôde vê-lo de perto. O corpo e as asas eram recobertos por penas preto-azuladas, mas sua cabeça era como a

de um rato grande, com um olho negro e inchado de cada lado e dois dentes protuberantes no focinho pontudo. Quando o pássaro sibilou, uma língua preta e comprida saiu de sua boca e lambeu o rosto de Walter feito uma labareda.

Walter fincou desesperadamente os calcanhares na areia, abaixando-se o máximo que conseguia. Mas o pássaro-rato batia suas asas poderosas, e Walter podia sentir o chão escapando debaixo de seus pés.

O focinho do rato voador enrugou-se e ele emitiu um guincho. Em um momento de loucura, Hugo achou que a besta estava gritando "Você é meu, você é meu, você é meu!".

Pensando rápido, o menino agarrou um pedaço de madeira do tamanho de seu braço e, segurando a extremidade mais fina, girou a tora sobre a cabeça com todas as suas forças, como se fosse um machado. A tora chocou-se contra a parte de trás do pescoço do pássaro-rato, provocando um urro assustador. O ser bateu rapidamente em retirada, subindo para o céu sem sua presa.

Com um suspiro de alívio, Hugo ajudou o tio a ficar de pé, e os dois se postaram bem rentes à pedra. Walter tateava a face rochosa e acabou encontrando uma fenda de uns trinta centímetros de largura e mais ou menos um metro de altura.

— Rápido — ordenou ele. — Esconda-se aí!

Hugo abaixou-se e entrou na fenda. Virando de lado, enfiou um braço e uma perna dentro da abertura estreita. E então, retorcendo-se e grunhindo, conseguiu apertar o restante do corpo, passar pela pequena abertura e puxar sua bolsa. Ficou surpreso ao ver que o vão se transformava numa caverna estreita, na qual ele podia ficar de pé.

— Entra! — disse ele para Walter. — Aqui dentro tem bastante espaço.

Walter enfiou a cabeça na abertura baixa, com uma careta pelo esforço. Esticou o braço para dentro, os dedos agarrando-se à rocha enquanto tentava em vão forçar o restante do corpo pela entrada.

— Não dá — disse tio Walter, finalmente, com um suspiro. — Preciso encontrar outro lugar.

Naquele momento, sua expressão mudou. Uma expressão de surpresa apareceu brevemente em seu rosto e foi logo substituída por outra, que se assemelhava à tristeza. Ou talvez derrota.

Então Walter foi puxado para trás com um solavanco, como se arrastado por uma força invisível. Caiu de costas no chão, atingindo a areia com um baque.

Horrorizado, Hugo percebeu que um dos pássaros-rato havia capturado seu tio. O velho foi revirado violentamente na areia e depois ficou de cabeça para baixo, quando seus pés foram erguidos.

Walter conseguiu olhar para Hugo por um breve segundo.

— Hugo! Não se preocupe com o mapa. Apenas tente chegar em casa a salvo! — gritou ele. — Pegue o barco e volte para o navio imediatamente!

Antes que Hugo pudesse responder, tio Walter já havia sido erguido do chão e sumira. Hugo aproximou um olho da fenda a tempo de vê-lo rapidamente pela última vez. O pássaro-rato já estava longe, subindo para o céu noturno. As garras de uma de suas patas seguravam firmemente o tornozelo de tio Walter, carregando-o muito acima da face rochosa, rumo ao interior da ilha. Hugo ficou olhando até perder o tio de vista. Revoltado, sentou-se no chão, sozinho naquela caverna completamente escura. Sozinho no mundo.

Capítulo 13

Hugo tremia de medo e frio. Desejou que seus pais estivessem ali com ele. Não — na verdade, desejava estar em casa com eles, como era antes. Quando fechava os olhos, conseguia vê-los claramente.

Sua mãe era uma mulher pequena, com cabelos castanhos cacheados e olhos amorosos, também castanhos. Seu pai era alto e magro. Tinha cabelos loiros lisos e olhos azuis. Vivia trabalhando em sua oficina, um casebre de madeira perto de casa. Hugo passava horas observando-o enquanto ele serrava, aplainava e talhava a madeira. A mente de seu pai era tão ágil quanto suas mãos. Enquanto trabalhava, inventava charadas para que Hugo resolvesse. Quando Jack não estava trabalhando, levava Hugo para caminhar pelos campos e lhe ensinava coisas sobre as plantas e os animais selvagens. À noite, Hugo ouvia as histórias fantásticas que seu pai contava a respeito das viagens de seu irmão Walter a lugares muito distantes.

Agora, segurando o pingente de madeira em suas mãos, lembrou-se de seu pai ensinando-o a jogar xadrez. Houvera uma vez em que ele havia perdido a maioria de suas peças e se sentia bastante frustrado.

— Desisto — dissera Hugo, mal-humorado.

— Mas o jogo ainda não acabou — insistira seu pai.

— Mas eu vou perder de qualquer maneira. Então, para que continuar jogando?

— Você continua a jogar porque ainda pode ganhar. Um peão e um cavalo podem derrotar um exército inteiro de peças se forem usados de maneira inteligente — dissera seu pai. — Você só deve desistir quando o jogo acabar.

Quando foi mandado para o orfanato, Hugo nunca se sentira tão sozinho. No entanto, todas as manhãs tinha forças para enfrentar o dia ao relembrar o conselho do pai. A determinação de Hugo acabara compensando no fim, quando Walter finalmente retornara de sua viagem. O tio havia resgatado Hugo naquela ocasião — e agora era sua vez de retribuir.

Hugo sentiu uma onda de coragem se apoderar dele. A situação em que se encontrava era certamente difícil. Estava sozinho numa ilha no meio do oceano. Uma ilha estranha, habitada por ratos voadores que haviam capturado seu tio, sua única companhia. Mas ele ainda não havia sido derrotado. Seu tio ainda podia estar vivo e, enquanto houvesse a esperança de que Walter pudesse ser salvo, Hugo continuaria tentando.

Apesar das instruções do tio, Hugo decidiu que por ora não voltaria para o navio. Se o almirante Lilywhite ficasse sabendo dos pássaros bizarros da ilha, certamente fugiria para a Inglaterra o mais rápido que suas velas permitissem E aí Hugo nunca mais veria tio Walter. Não, decidiu Hugo, se queria que alguém resgatasse seu tio daqueles demônios emplumados, essa pessoa teria de ser ele.

— Você está *predestinado* a ser Honesto, Único, Glorioso e Otimista — repetiu para si mesmo.

Agora que seus olhos estavam começando a se acostumar com a escuridão, ele fez uma pequena pilha de madeira na caverna e enfiou algas secas entre os galhos para ajudar a acender o fogo. Depois, pegou duas pedras e chocou-as uma contra a outra, perto das algas. Finalmente uma faísca apareceu e as chamas começaram a surgir. Em pouco tempo, ele já tinha uma pequena fogueira.

Assim que começou a se aquecer, ouviu um guincho alto ecoando pela caverna. Enquanto o som reverberava ao seu redor, Hugo mais uma vez achou que estava ouvindo palavras.

— Você está preso, você está preso! — parecia dizer a ave. E depois: — Você é meu, meu, você é meu!

Hugo tinha certeza de que sua mente estava pregando peças — ou será que não? Pulou e correu até a entrada, e então parou de repente: um dos monstros-pássaro-rato estava tentando entrar na caverna. A cabeça peluda e os ombros cobertos de penas já estavam dentro da fenda. Quando viu Hugo, o bicho arreganhou os dentes, desenrolando a língua e fazendo-a penetrar na caverna. Dessa vez, não havia dúvidas: a ave realmente estava dizendo alguma coisa.

— Você é meu, você é meu! — sibilava.

Durante alguns segundos, Hugo ficou petrificado de medo, sem acreditar naquilo. Quão esquisita seria aquela ilha fantástica?

No entanto, ele não tinha tempo para ficar pensando no assunto. O monstro estava se contorcendo, tentando entrar, e logo estaria dentro da caverna, com ele. Instintivamente, Hugo agarrou um graveto da fogueira e o balançou na direção do intruso como se fosse um sabre flamejante.

— *Não* sou seu! — gritou, e o pássaro-rato arrastou-se para trás. Hugo golpeou com a chama em sua direção até ele ir embora.

— Então você não gosta de fogo, não é? — murmurou ele. Pegou mais alguns gravetos da fogueira. Depois de escorá-los na boca da caverna, começou a pegar mais madeira.

Encontrou um pedaço com o formato da pá de um remo apodrecido pelo tempo. Colocou-o no fogo e estava prestes a jogar outro pedaço, menor, quando percebeu que havia algo escrito naquele segundo pedaço de madeira. Usando o fogo como fonte de luz, ele examinou as letras na madeira:

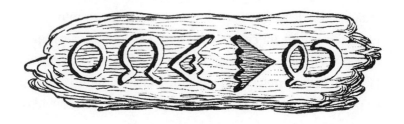

Hugo nunca tinha visto letras ou símbolos como aqueles. Talvez houvesse uma palavra escrita naquele alfabeto estranho! Podia ser o nome de um navio estrangeiro que havia naufragado na costa rochosa ou então a mensagem de alguém que tivesse ficado preso na caverna e morrido ali. Mas quem poderia ter estado ali antes dele? E de onde teria vindo? E o mais importante de tudo: onde estaria agora?

Intrigado com a descoberta, Hugo colocou o pedaço de madeira dentro de sua bolsa, debaixo dos cobertores. Quando a segunda fogueira já estava bem alta na entrada da caverna, ele foi até a parte mais funda e deitou no chão.

Ficou olhando para o teto, tentando imaginar como seria o mapa daquele território bizarro. Como seria o contorno da costa da ilha além da lua crescente que era aquela praia roxa? Que tipo de terreno haveria além do penhasco negro e rochoso?

E quais advertências em sua legenda faria um hipotético mapa aos viajantes, além, é claro, de *Cuidado com os ratos voadores*?

Capítulo 14

Hugo acordou sobressaltado e faminto. As duas fogueiras haviam apagado. Ele não tinha a menor noção de quanto tempo havia dormido sem a proteção das chamas. Já era dia do lado de fora de sua caverna, e as cinzas da fogueira estavam frias.

Com a bolsa sobre o ombro, o menino se esgueirou para fora somente até o ponto em que conseguia enxergar o lado externo. Tudo estava silencioso. Quando teve certeza de que não havia nenhum monstro voando, arrastou-se para fora da caverna e ficou parado sobre a areia da praia.

A pouca distância, no mar, a camada de névoa espessa repetia o formato da praia, que estava tão calma quanto na noite anterior, quando ele e o tio Walter cozinharam caranguejos. A memória daquela refeição idílica fez com que Hugo ficasse com um nó na garganta. Que mudança drástica no destino de ambos!

Sabia que precisaria escalar a face rochosa se quisesse encontrar seu tio. Pondo o pé em uma protuberância que não passava de uma pequena espinha naquela face rochosa, ele se ergueu. Esticou o braço, tentando encontrar algo no qual se segurar, e tateou com o pé onde pisar. Acabou encontrando outro apoio para o pé e tentou subir mais um pouco. Mas dessa vez seu pé escorregou. Hugo se chocou contra a rocha e caiu na areia.

Tentou de novo, e de novo, mas aquela face negra e rochosa era lisa demais. Todas as vezes ele caía de volta na praia.

— Não adianta — murmurou Hugo, com raiva. — Nunca vou conseguir escalar essa rocha.

— Você consegue — disse uma voz baixinha.

Hugo deu meia-volta e percorreu com os olhos a praia vazia, o coração batendo com força.

— Quem falou isso?
— Eu.

Mas Hugo não via ninguém.

— Aqui embaixo.

Quando olhou para baixo, um pequeno movimento chamou sua atenção. Havia uma criatura na areia do mesmo tamanho de um rato. Seu pelo era branco e macio, com uma listra preta que ia da ponta do nariz até a cauda. Suas orelhas não tinham pelos e eram translúcidas, como a pele rosada de um hamster recém-nascido, e também eram estranhamente grandes: cada uma do tamanho de sua cabeça. A criatura sentou-se, contraindo as patinhas. Uma cauda comprida e careca esticava-se atrás dela. Acima de seu nariz rosado e cheio de bigodes, dois olhinhos redondos piscavam e fitavam Hugo.

Ele pegou um graveto e se agachou na areia. Esticou o braço na direção do animal, com a mão trêmula. A criatura abriu a boca, e Hugo pôde ver seus dentinhos pequenos, feito pontas de agulhas.

— Espero que você não esteja planejando me espetar com esse graveto — disse o bichinho numa voz firme, nem um pouco fina.

Hugo deu um pulo tão alto que perdeu o equilíbrio e caiu sentado. Arrastou-se para trás, desesperado, até ficar com os ombros contra a face rochosa. Ficou olhando fixamente para a criatura parecida com um rato, com olhos arregalados de medo, sem acreditar naquilo.

— O que você está olhando? Eu estou com uma alga no focinho ou algo assim? — perguntou o animal, ficando vesgo no esforço de olhar para o próprio focinho.

E Hugo ouviu sua própria voz responder:

— Não. O seu focinho está ótimo. Totalmente limpo.

— São as minhas orelhas, não é? Você está olhando para as minhas orelhas.

Hugo mal conseguia respirar.

— Não — disse. — Eu só não consigo acreditar que você sabe falar.

— Mas é claro que eu sei — disse o animal. — Eu posso ter orelhas ridículas, mas não sou idiota.

Hugo ficou pensando se não havia batido a cabeça na noite anterior e ficado maluco. Então ele se lembrou dos gritos dos pássaros. Fechou os olhos com força e balançou a cabeça.

— Anda, Hugo — disse a si mesmo, em voz alta.
— Toma jeito.

Abriu os olhos e olhou para o bicho.

— Sim, toma jeito, Hugo — disse o ratinho de orelhas enormes. — As coisas nunca são tão ruins quanto parecem. Eu estou tendo a pior manhã da minha vida, mas também não vou ficar triste por causa disso.

— Por quê? O que aconteceu com você? — perguntou Hugo, tentando ignorar o fato de que estava conversando com um rato.

O animalzinho falava rapidamente.

— Eu estava quieto no meu canto quando o meu amigo me perguntou se eu queria dar uma volta nas costas dele enquanto ele voava à procura de comida. E aí, de repente, ele começou a se exibir, fazendo piruetas acrobáticas no ar, e eu não consegui me segurar. Não sei como não morri com a queda. Estou aqui há horas tentando encontrar uma maneira de escalar essa rocha. Vi você tentando subir também, então achei que você precisava de umas palavras de apoio. Mas aí você tentou me empalar com um graveto.

— Me desculpe. Eu não tinha a intenção de machucar você.

— Sorte sua — respondeu o pequeno roedor. — Se tivesse chegado mais perto, eu teria acabado com você.

Uma risadinha escapou da boca de Hugo antes que ele pudesse se controlar.

— Estou falando sério. Eu sou a criatura mais forte desta ilha — disse o rato.

— Você?

— Exatamente — respondeu a criaturinha, estufando o peito e esticando a cauda. E aí ele murmurou alguma coisa sobre estar fanho.

— Hein? — disse Hugo. — O que estar fanho tem a ver com você ser forte?

— Hum?

— Você disse "tô fanho"?

— Não.

— Mas foi o que pareceu.

— Ah.

— O que você *disse*, então?

— "Pro meu tamanho" — respondeu o animal, encabulado, as pontas das orelhas enrubescendo até ficarem bem rosadas. — Eu disse: eu sou a criatura mais forte desta ilha... *pro meu tamanho*.

— Mas você é diminuto — respondeu Hugo, com um sorriso.

— E o que é que tem isso?

Hugo achou melhor mudar de assunto.

— Então por que o seu amigo não pegou você depois de deixá-lo cair?

— Ele provavelmente deve estar me procurando lá em cima, no topo, aquele porco voador bobalhão. Eu tentei chamá-lo, mas ele não consegue me ouvir.

— Acha que ele vai perceber que você está aqui embaixo?

— Claro. Em algum momento. Digo, talvez. Bom, pensando bem, talvez não... — disse o animalzinho, com um suspiro. — Bom, enfim... como é que você veio parar aqui?

— Num barco — respondeu Hugo. — Vim com o meu tio, mas um rato alado o levou embora.

— Um ratobutre? São criaturas repulsivas.

— É por isso que estou tentando subir essas rochas. Para resgatá-lo daqueles monstros pulguentos.

— É isso aí! — disse o animalzinho, fechando os punhos das patas da frente. — Você nunca deve desistir.

— Ei... O meu pai costumava me dizer isso — respondeu Hugo.

— Eu bem que queria ensinar uma lição àquelas aberrações aladas — disse o ratinho preto e branco.

— Bom, um peão e um cavalo podem muito bem derrotar um exército inteiro.

— Hein? — indagou a criaturinha, piscando os olhos, sem entender.

— Ah, é só uma coisa que o meu pai costumava dizer. Olha, por que você não entra no meu bolso e aí a gente tenta achar o seu amigo também?

113

— Tudo bem. Desde que eu possa ser o cavaleiro desse tal cavalo aí.

— À vontade — respondeu Hugo.

O ratinho escalou a perna de Hugo e pulou para dentro do bolso de seu colete. Poucos segundos depois, sua cabeça apareceu.

— A propósito, eu sou feroz.

— Deixa ver se eu consigo adivinhar — começou Hugo.

— Para o seu tamanho, você é a criatura mais feroz desta ilha. É isso?

— Não. Esse é o meu nome. Feroz.

— Ah. Prazer em conhecê-lo.

— Você se importa se eu tirar um cochilo? O seu bolso é tão aconchegante... e eu estou exausto de ficar a manhã inteira tentando escalar aquelas rochas. Além disso, preciso conservar a minha energia para quando a gente for lutar contra os ratobutres.

Antes mesmo que Hugo pudesse responder, Feroz enfurnou-se dentro de seu bolso e fechou a aba.

Hugo caminhou um pouco mais pela praia, experimentando escalar outra parte da rocha. Enquanto percorria as mãos pela superfície, sentiu uma área diferente do restante. Era uma área que parecia percorrer a superfície até o topo, como se fosse um veio. Hugo tentou puxar aquilo da rocha com todas as forças: era uma corda! Com um estalo e um som de "tóim", ela se soltou da face rochosa, mas continuou firmemente presa ao topo.

Segurando a corda com as duas mãos, Hugo inclinou-se para trás. Usando os braços para içar todo o seu peso, começou a subir para o topo da rocha.

Depois de algum tempo, chegou a uma saliência que tinha mais ou menos 1 metro de profundidade. Sentia os braços cansados e estava com fome, então subiu e ficou deitado em cima da pedra. Com delicadeza, ergueu a aba do bolso e olhou lá dentro. Feroz dormia enrodilhado, uma bolinha peluda que ronronava suavemente. Hugo pegou um biscoito em sua bolsa e sentou-se para comer, deixando os pés para fora, pendurados. A rocha negra e a areia roxa lá embaixo eram mesmo uma vista fantástica, mas ele estava impaciente, queria continuar subindo.

Quando Hugo ficou de pé para continuar a subida, sentiu seu sangue gelar. Não conseguia acreditar que não tivesse visto aquilo antes. Ali, deitado na protuberância, a poucos metros de distância dele, feito um enorme saco de penas, estava um ratobutre dormindo profundamente, deitado de lado, com a cabeça esparramada no chão. Com a boca aberta, sua língua escorregadia estava estendida sobre a pedra como uma enguia.

Hugo entrou em pânico e começou a tatear cegamente, procurando a corda. Na pressa de escapar, acabou chutando algumas pedrinhas soltas, que começaram a rolar penhasco abaixo, fazendo barulho. O ratobutre abriu os olhos. Ficou rapidamente de pé sobre as garras, tão rápido que parecia um vulto de penas.

A corda estava um pouco além do alcance de Hugo, que ouviu o bater das asas da criatura quando ela deu o pulo. Sentiu as cócegas que a língua da criatura fazia em sua orelha. Afastou-se da rocha e, antes que conseguisse agarrar a corda, começou a cair. Contorceu o corpo e percebeu que estava caindo de cabeça. O ar passava rápido por suas orelhas, e sua bolsa fustigava ruidosamente às suas costas com o vento, enquanto fazia movimentos em vão com os braços e as pernas. Tudo o que podia ver era a areia roxa vindo rapidamente a seu encontro.

É isso, pensou Hugo. É o fim.

Capítulo 15

Algo agarrou os ombros de Hugo e o puxou para cima. Sentiu o repuxão da queda em seu corpo ao ser agarrado. Percebeu, então, que estava balançando livremente ao vento, como roupa lavada em um varal.

Certamente era outro ratobutre que o havia capturado. Imaginou que seria levado para seu ninho e que seria servido para as crias em pedaços pequenos. E Feroz seria a sobremesa. Decidiu que seria melhor cair nas rochas lá embaixo do que acabar como o café da manhã de uma ave, então começou a se contorcer para se libertar. Dava chutes no ar e remexia o corpo. Começou a dar socos cegamente, acima da cabeça, com o máximo de força que conseguia.

— Me solta, seu monstro horroroso com cara de rato! — gritou ele. — Não vou deixar você me comer! Não vou!

— Meu caro rapaz — disse uma voz acima da cabeça de Hugo —, quem você está chamando de horroroso? E, para seu governo, eu preferiria comer meu próprio pelo a ter como aperitivo um bichinho desmilinguido e magricelo igual a você. Então, agora fique quieto, por favor. Se ficar se debatendo desse jeito, serei obrigado a devolver você para os ratobutres.

— Mas você não é um ratobutre? — perguntou Hugo, que já tinha parado de dar socos.

— Ah, minha nossa, não! — disse a voz. — Os ratobutres são aqueles vermes voadores de que você estava tentando escapar quando caiu da rocha. Aliás, nunca vi nada tão ruim quanto essa sua tentativa de escapar. Um elefante tocando tambor teria feito menos barulho que você.

Embaraçado, Hugo ficou ali pendurado por alguns instantes, em silêncio. Mas estava curioso demais com aquela nova criatura falante para ficar calado por muito tempo.

— Mas então, se você não é um ratobutre, você é o quê?

— Descubra você mesmo — disse a voz. — Suba e fique em cima de mim.

Hugo contorceu-se e esticou os braços, agarrando o pelo no ombro da criatura. Escalou até seu flanco e passou uma perna para o outro lado. Quando estava firmemente montado na criatura, agarrou o pelo áspero com as duas mãos e se segurou com força.

— E então? — indagou a criatura. — Na sua opinião, eu pareço o quê?

Hugo observou sua montaria do nariz até a cauda antes de falar. O ser tinha uma barriga grande e redonda e quatro perninhas magras. Manchas amarelas na pele rosada transpareciam pela pelagem curta, de pelos grossos e negros. Na parte de trás, ele tinha um rabo curto e enroladinho.

— Você é bem diferente — comentou Hugo.

— Sou mais do que diferente — disse o animal. — Sou único.

Hugo olhou para as asas pequenas que batiam furiosamente.

— As suas asas parecem as de um beija-flor. Elas são bem pequenas, não?

— Prefiro o termo "graciosas" — respondeu o animal.

— E o meu rosto? Como você o descreveria?

O animal virou a cabeça, orgulhoso, primeiro para a esquerda, depois para a direita, para que Hugo pudesse vê-lo de perfil. Ele observou com atenção. A cabeça tinha duas orelhas molengas, cobertas com pelo escuro, e dois olhinhos pequenos e profundos, logo acima das bochechas gordinhas. E também um focinho curto e redondo, com duas narinas que pareciam ficar o tempo todo pingando e farejando o ar. Certamente não era o animal mais lindo que Hugo já vira na vida.

— E então? — insistiu o bicho. — O que você acha?

— Você é meio... — disse Hugo, nervoso. — Digo, de alguns ângulos você parece meio...

— Continue. Diga logo.

— Bom, você é bem porcino, na verdade — deixou escapar.

Por alguns segundos, apenas silêncio. Hugo ficou pensando se havia deixado o bicho magoado.

— Nossa! Porcino, é? — disse o animal, orgulhoso.
— Obrigado. Estou muito feliz por você ter me achado tão bonito.

— Eu não... — começou Hugo a dizer, mas parou a tempo.

— Então, qual é o seu nome? — perguntou o animal. Agora ele bufava, e Hugo achou que talvez as asas estivessem batendo com um pouco menos de vigor.

— Hugo. E o seu?

— Eu sou Pórcasus — disse o animal. — Prazer em conhecê-lo, Hugo. A propósito, será que você não viu por aí um ratinho pequenininho, com orelhas absurdamente grandes? Acho que o deixei cair um tempo atrás.

Hugo se esquecera por completo de seu passageiro.

— Deixe-me pensar.... — respondeu Hugo, sorrindo.

Colocou a mão no bolso e fez cócegas na barriga peluda e quentinha. Pouco depois, os olhinhos redondos de Feroz apareceram debaixo da aba do bolso, olhando para ele.

— E aí, como vão as coisas? — perguntou Feroz.

— Venha ver com seus próprios olhos.

Feroz tirou a cabeça do bolso de Hugo e olhou em volta.

— Pórcasus! — exclamou.

— Feroz! — disse Pórcasus, virando a cabeça e sorrindo.
— Pensei que tivesse perdido você para sempre!

— Mas você me perdeu — disse Feroz, amuado.

— Pelo que me lembro, você caiu das minhas costas.

— Você me deixou cair!

— Mas eu disse para você se segurar.

— Sim, mas você não me disse que estava prestes a virar de cabeça para baixo — disse Feroz, subindo pelo braço de

Hugo e empoleirando-se em seu ombro. — Ainda bem que o menino aqui me resgatou.

— Bom, e eu resgatei o Hugo — disse Pórcasus. — Então, por tabela, eu também resgatei você.

— Acho que isso deixa vocês dois quites — disse Hugo.

Feroz e Pórcasus ficaram se olhando de cara amarrada por algum tempo. Em seguida, Feroz pulou na cabeça de Pórcasus.

— Tá bom, eu perdoo você — disse Feroz, fazendo carinho na orelha do amigo.

— Desculpas aceitas — disse Pórcasus, entre grunhidos satisfeitos. — Agora vamos para casa.

— Hã... Para onde nós estamos indo exatamente? — indagou Hugo.

— Vamos encontrar uns amigos do outro lado da ilha — respondeu Pórcasus. — Não se preocupe com os ratobutres. Eles não conseguem voar de dia porque o sol tira a energia deles. Então relaxe e aproveite a paisagem.

— Mas a gente precisa encontrar o meu tio — insistiu Hugo. — Os ratobutres pegaram o meu tio na noite passada.

— Que péssimo! — exclamou Pórcasus, com um suspiro. — Mas eu acho que conheço alguém que pode ajudar você.

Pórcasus subia cada vez mais pelo céu matutino. No mar, Hugo podia ver além da névoa, até o ponto no qual *El Tonto Perdido* estava ancorado. Conseguia ver o topo do mastro balançando de um lado para o outro e ficou imaginando se Hawkeye os estaria vendo lá da gávea. Àquela distância, Pórcasus devia parecer um pássaro normal, pensou Hugo.

Quando viraram e voaram na direção do interior da ilha, Hugo percebeu que o solo seguia em declive a partir do topo da rocha, como se fosse a beirada de um prato. A ilha era coberta por uma grama verde e bonita que parecia veludo. Logo estavam voando sobre um denso agrupamento de árvores que formavam um círculo perfeito: era uma floresta que tomava metade da ilha.

— Aquela é a Floresta Entrelaçada — disse Pórcasus, arfando e suando enquanto sobrevoava as árvores. — Se você cair ali, nem adianta querer que eu vá resgatá-lo.

— É um lugar perigoso? — disse Hugo.

— Não, é um lugar bem divertido, legal para relaxar e passear.

— Sério?

— Não — riu Pórcasus pelo nariz. — Eu estava sendo sarcástico. Naquela floresta habitam as criaturas mais horrendas, temíveis e malvadas de toda a ilha, muito piores que os ratobutres. Qualquer pessoa que entre ali não consegue sair viva. Nem se você me oferecesse todas as frutas podres do mundo eu desceria ali.

— Entendi — disse Hugo, segurando-se com mais força.

Quando haviam passado da floresta, Pórcasus já estava bastante ofegante, e suas asinhas começavam a ficar visivelmente mais lentas. Elas não eram mais um vulto no ar, então Hugo conseguia enxergar as penas negras e douradas que havia nelas.

— Você está bem? — perguntou Hugo, fazendo um gesto carinhoso na cabeça de Pórcasus.

— Você não é mais tão jovem, não é, Pórcasus? — indagou Feroz, com uma risadinha.

— Eu estou bem — respondeu Pórcasus, ofegante. — Só um pouquinho cansado, só isso. As minhas asas não foram feitas para carregar outras pessoas. São pequenas demais.

— Ah, eu não diria que elas são pequenas — corrigiu Hugo. — São graciosas.

Pórcasus virou a cabeça, sorriu e disse:

— Vejo que seremos amigos.

Depois de algum tempo, Hugo percebeu que Pórcasus estava descendo. A Floresta Entrelaçada ficou para trás, e o chão lá embaixo apresentava uma leve inclinação para cima.

— Segurem-se firme, estamos prestes a aterrissar — disse Pórcasus. — Eu nunca aprendi essa parte direito.

— Acho que essa é uma ótima hora para eu me esconder no seu bolso de novo, Hugo — comentou Feroz.

O pequeno roedor pulou para dentro do bolso e se aninhou bem lá no fundo.

— Acho que ele dormiu de novo — observou Hugo, poucos segundos depois.

— Provavelmente — disse Pórcasus, com dificuldade. — Ele é a única criatura que eu conheço que dorme mais do que eu.

Pórcasus começou uma descida rápida para o solo, e Hugo se segurou com todas as forças. Então, com a folhagem

espessa cor de esmeralda fustigando suas cabeças, Pórcasus começou a correr no ar. Alguns segundos depois, suas patas encontraram o chão e ele continuou a correr, tentando reduzir a velocidade.

Durante um breve momento, Hugo achou que tudo fosse ficar bem. Mas então Pórcasus tropeçou num galho baixo. Caiu de barriga no chão e saiu escorregando pela grama a toda velocidade. Seu corpo deu uma lenta pirueta com as quatro patas esparramadas, achatando arbustos e esmagando flores enquanto escorregava. Finalmente parou, com a cabeça enfiada num arbusto cheio de espinhos.

— Você está bem? — perguntou Hugo, meio sem fôlego, ainda assustado com aquela aterrissagem desastrada.

— Tudo cem por cento — disse Pórcasus, tirando a cabeça do meio dos espinhos. — Mas, cá entre nós, houve um momento em que eu achei que tudo seria um desastre.

— Quer dizer que não foi um desastre?

— Ah, não — disse Feroz, seu focinho cheio de bigodes surgindo de dentro do bolso de Hugo. — Essa foi uma das aterrissagens mais tranquilas dele.

— Você se divertiu? — perguntou Pórcasus.

— Ah... hã... sim — disse Hugo. — Foi um dos melhores voos da minha vida.

— E quantos voos você já fez, exatamente? — perguntou Pórcasus.

— Só esse — disse Hugo, rindo, sem graça. — Mas, sem dúvida, está entre os cinco melhores.

Agora os três estavam aos pés de outra face rochosa. Esta era quase completamente lisa, com uma extremidade irregular e acentuada que subia até as nuvens. Pórcasus fez uma pausa e examinou a vegetação rasteira, seu focinho de porco contraindo-se, as orelhas em estado de alerta. Satisfeito depois de perceber que só havia os três ali, Feroz conduziu Hugo através de uma passagem estreita no meio de alguns arbustos que os levou até um túnel que atravessava a rocha. Depois de várias curvas, chegaram a uma clareira no meio de uma floresta.

— Esse foi um caminho bem secreto — observou Hugo.

— Mas tem de ser — disse Pórcasus. — Essa rocha forma uma espécie de barreira natural. Ela isola completamente esta península, que nós chamamos de Península Refúgio. É o lugar mais seguro da ilha. Eles não conseguem chegar até nós aqui.

— Quem não consegue?

— Os bufalogros — respondeu Pórcasus, com ar solene. — Esperem aqui. Eu vou avisar aos outros que temos um convidado. Volto em poucos minutos.

— Eu vou com você — disse Feroz, saindo do bolso de Hugo. Deu três pulos e já estava empoleirado no topo da cabeça de Pórcasus.

Antes que Hugo pudesse perguntar quem ou o que eram os bufalogros, Pórcasus já tinha ido embora.

Bem antes do que esperava — quase imediatamente, na verdade —, Hugo ouviu passos de alguém se aproximando.

Como queria causar uma boa impressão para os amigos de Pórcasus e Feroz, ajeitou suas roupas e arrumou o cabelo — exatamente como sua mãe costumava fazer com ele quando iam visitar os parentes.

Foi só ao ouvir um galho quebrar às suas costas que Hugo se deu conta de que estava voltado para a direção errada. Virou-se e viu um ser surgindo do túnel do qual haviam acabado de sair. E não era um de seus novos amigos.

Agora a clareira era ocupada por Hugo e aquele ser, que devia ser umas duas vezes maior que Pórcasus, bem mais peludo e, pelo jeito, nem um pouco amigável.

Em pânico, Hugo ficou imóvel. A criatura semelhante a um urso movia-se pesadamente pela clareira, sem vê-lo. Com dois metros e meio de altura, era uma montanha cinzenta e felpuda. Tinha braços compridos e fortes e pernas atarracadas que suportavam o peso de seu corpo parrudo. Com duas orelhas peludas no topo de sua cabeça redonda, seu focinho comprido ia afunilando até terminar num nariz marrom e pontudo.

Hugo viu as narinas do bicho contraírem-se enquanto ele farejava o ar duas vezes. O pelo sobre os ombros musculosos do animal eriçou-se feito o pelo de um gato irritado e ele fez um movimento brusco com a cabeça na direção do menino. Hugo não conseguia enxergar os olhos da criatura sob aquela franja cinzenta, mas sabia que estavam fixos nele. O bicho abriu a boca e revelou duas fileiras de dentes afiados. Um grunhido irado ecoou pela rocha.

Será que aquilo era um bufalogro?

Petrificado de medo, Hugo esperou o animal atacar. Sabia que, em poucos segundos, o animal acabaria com ele.

No entanto, a criatura não o atacou. Em vez disso, lentamente esticou o braço para trás da cabeça. As palmas de suas enormes mãos eram negras, revestidas com um couro áspero, e seus dedos eram curtos e rechonchudos — pareciam algo entre uma mão e uma pata. Antes mesmo que Hugo tentasse adivinhar o que ele estava fazendo, o animal sacou uma enorme espada de suas costas. Com o braço e a lâmina formando uma linha perfeitamente reta, a criatura agora apontava a espada para Hugo. A ponta da lâmina estava quase roçando seu nariz.

Num sussurro, o animal disse algo para si mesmo que soou como "de novo, não".

E então, com as duas patas, a criatura ergueu a espada no ar.

Capítulo 16

— NÃO!

Hugo ouviu o grito, mas não sabia de onde vinha. Estava paralisado, os olhos fixos na espada que ameaçava cortá-lo ao meio a qualquer momento. Na base da lâmina, ele conseguia ver uma figura em baixo-relevo: uma noz de carvalho.

— É só uma criança! Ele não pode nos fazer mal.

Hugo não ousava tirar os olhos da lâmina, mas teve certeza de que a voz não pertencia nem a Pórcasus nem a Feroz. Parecia a voz de uma menina.

— Não sabemos quem é — rugiu a grande criatura cinzenta, sem abaixar a espada.

— Bom, então por que você não pergunta?

Por um breve segundo, Hugo desviou o olhar da espada e espiou a figura que se aproximava.

Ele tinha razão: a voz pertencia mesmo a uma menina, com mais ou menos a sua altura e o rosto quase igual ao de um ser humano. A diferença era que não havia narinas nem sobrancelhas em seu rosto. Tinha cabelos compridos e sedosos que iam até os quadris e também os maiores olhos

129

verdes que Hugo já vira na vida. Sua pele era delicada, com um tom pálido de azul, a mesma cor do céu num dia claro de inverno.

— Olá — disse ela.

— Olá — respondeu Hugo, e logo voltou a olhar para a espada.

— Não se preocupe. Ele não vai machucar você — prosseguiu a menina.

Hugo sentiu que podia confiar nela. A menina sorriu para ele, um sorriso rápido, e seus belos olhos brilharam como lustrosas maçãs verdes.

— Qual é o seu nome? — perguntou ela.

— Eu me chamo Hugo.

— Olá, Hugo. Eu sou Delfina. Este é Snowdon.

Hugo fez um cumprimento de cabeça para os dois, ainda olhando desconfiado para Snowdon.

— Como foi que você chegou aqui? — perguntou ela.

— Bom, eu vim em um navio, com um explorador.

Ao ouvir isso, Snowdon grunhiu e se empertigou. Delfina pôs a mão sobre sua pata e isso pareceu acalmá-lo. Hugo percebeu que havia membranas entre os dedos dela, como as que existem num pé de pato. Ele continuou:

— Esse explorador... Ele nem queria vir para a ilha. Acho que estava com medo ou preguiça. Talvez ambos.

— Com medo e preguiça — repetiu Delfina. — Não me parece uma boa combinação para um explorador.

— Não é mesmo — disse Hugo, sorrindo. — Deve ser o pior explorador do mundo. Ele me enviou junto com meu tio até a praia para fazer um mapa para ele, porque assim ele não se perderia.

— E onde está o seu tio?

— Foi levado pelos ratobutres.

De repente, Hugo sentiu-se exausto e muito triste. Snowdon abaixou a espada e a colocou de volta na bainha que estava às suas costas. Delfina pousou sua mão parecida com pé de pato no ombro de Hugo.

— E como você nos achou?

— Eu vim com o Pórcasus — disse Hugo, sentindo um pouco mais de energia. — E o Feroz.

— Ah, é? E onde eles estão? — perguntou Snowdon.

Antes mesmo que pudesse responder, Hugo ouviu Pórcasus chamando atrás dos arbustos.

— Hugo! Hugo! Desculpe, acabamos demorando mais do que eu imaginava. É que fomos fazer algumas outras coisas.

Pórcasus apareceu, feito uma pata-choca, andando sobre as patas traseiras e segurando um monte de pêssegos nos braços. Feroz estava sentado em cima das frutas, roendo com vontade uma delas.

— Achei esse monte de pêssegos debaixo de uma árvore bem ali e não consegui resistir — disse Pórcasus, com o focinho todo sujo de suco e pedaços de fruta. Farejou um pêssego e depois ofereceu outro, bastante marrom, para Hugo. — Quer um?

— Ele parece estar meio podre — disse Hugo, torcendo o nariz.

— Eu sei — disse Pórcasus. — É exatamente assim que eu gosto. Quer um pêssego, Delfina?

Delfina balançou a cabeça.

— Não, obrigada, Pórcasus. Prefiro quando as frutas estão um pouco menos amassadas.

Pórcasus deu de ombros e jogou o pêssego para cima, apanhando-o com a boca.

— Bom, vejo que vocês já conhecem o Hugo, meu novo amigo — disse ele, respingando suco sobre os outros enquanto falava.

— Ele disse que os ratobutres capturaram o tio dele — disse Snowdon.

Sua voz era surpreendentemente suave para uma criatura tão grande, mas também tinha o tom grave de uma possível ameaça.

Pórcasus fez que sim.

— Vocês acham que ele ainda pode estar vivo? — perguntou Hugo.

Delfina pôs o braço ao seu redor.

— Antes de falarmos sobre isso, vamos tentar encontrar comida que não esteja estragada para você.

Snowdon resmungou e guiou o grupo para fora da floresta.

— Acho que ele não gosta muito de mim — sussurrou Hugo.

— Não o leve a mal — respondeu Delfina. — Ele é muito simpático depois que você o conhece melhor. Apenas faz tempo que ele não vê um ser humano.

— Quer dizer que os humanos já estiveram aqui antes de mim? — perguntou Hugo.

— Só um — respondeu Delfina. — Mas ele traiu a nossa confiança.

— De que maneira?

Delfina riu e balançou a cabeça.

— Você faz tantas perguntas! Tenho certeza de que Pórcasus e Snowdon vão contar tudo a você durante o jantar. Mas vai anoitecer logo. Precisamos fazer uma fogueira antes que a escuridão caia... Do contrário, pode ser que tenhamos companhias muito perigosas.

— Pensei que a Península Refúgio fosse um lugar seguro, oculto pela montanha.

Ela suspirou e disse:

— Nenhum lugar nesta ilha é totalmente seguro.

Capítulo 17

Hugo estava sentado de pernas cruzadas, olhando para o prato em seu colo. O jantar era estranho: enguia gigante assada, servida com um tipo esquisito de legume que Pórcasus havia desenterrado. O legume tinha mais ou menos o tamanho de um punho e, por fora, era revestido de uma casca marrom e grossa, mas por dentro era branco e macio. Snowdon disse que se chamava *batata*.

— E então — disse Hugo, pigarreando para puxar o assunto e depositando o prato no chão —, vocês acham que existe alguma chance de meu tio ainda estar vivo?

Observou os rostos ao redor da fogueira, em busca de algum sinal de esperança.

— Olha, Hugo — começou Pórcasus, em tom suave. — Deixe eu explicar como são os ratobutres.

Hugo prendeu a respiração, ansioso. Pórcasus continuou:

— Os ratobutres são as criaturas mais desprezíveis desta ilha. Eles voam à noite em busca de animais vulneráveis que possam capturar e levar para a Floresta Entrelaçada. E, em geral, capturam animais mais novos, ainda bebês e filhotes. Provavelmente estavam tentando pegar você quando pegaram o seu tio por engano.

Hugo engoliu em seco.

— E por que eles o levariam para a floresta?

— Porque são covardes — disse Pórcasus, mastigando um pedaço bem grande de enguia. — Os ratobutres são terríveis e horrorosos, mas, de certo modo, são como todas as outras criaturas nesta ilha: morrem de medo dos bufalogros. Eles sacrificam tudo o que apanham como oferenda aos bufalogros. Quando a lua está exatamente pela metade, os bufalogros matam todos os animais que capturaram e todos que os ratobutres trouxeram para eles. Se descobrem que um ratobutre devorou sua presa em vez de oferecê-la a eles, então incluem um ratobutre no cardápio do próximo banquete. Os bufalogros devoram tudo, incluindo os ossos. E depois jogam um pouco dos restos para os ratobutres como recompensa.

Hugo ficou horrorizado.

— Então esses bufalogros vão comer o meu tio no próximo Banquete da Meia-Lua?

Pórcasus fez que sim, em silêncio, e depois completou:

— Eu sinto muito.

— E quando é a próxima meia-lua?

— Daqui a duas noites — respondeu Feroz, com voz baixa.

Hugo ficou de pé de repente.

— Isso significa que ainda temos dois dias para salvá-lo! — exclamou ele, resoluto. — Podemos esperar até a hora em que os bufalogros estiverem dormindo. Aí nós entramos na floresta e...

— NÃO!

O alto rugido de Snowdon abafou a voz de Hugo, que ficou olhando para ele, boquiaberto. Snowdon voltou a falar, agora num tom mais suave.

— Nós não vamos entrar na Floresta Entrelaçada. Lá vivem as criaturas mais perigosas que existem. Entrar naquela floresta significa morte certa para qualquer um que seja louco o suficiente para tentar. E, mesmo que nós de alguma maneira conseguíssemos sobreviver às lesmas-d'água assassinas que se alimentam de carne, aos besouros-vampiros gigantes e às venenosas cobras-de-três-cabeças, não teríamos a menor chance de escapar das garras selvagens dos bufalogros.

— Mas preciso tentar — resmungou Hugo. — O que essas criaturas têm, afinal?

— Os bufalogros são as criaturas mais terríveis, repugnantes e malévolas que já apareceram sobre a face da Terra. Eles são deste tamanho — disse Snowdon, esticando os braços bem acima da cabeça — e pesam umas cinco vezes mais do que eu. Têm chifres retorcidos, olhos cor-de-rosa e conseguem correr mais rápido que a maioria dos animais. Quando caçam, exalam um cheiro de ovos podres. Mas, se você consegue sentir o cheiro, então isso significa que você está perto demais para conseguir escapar.

Snowdon fez uma pausa, inclinou a cabeça na direção de Hugo e disse:

— Sinto muito pelo seu tio, Hugo. Mas ninguém em sã consciência ousaria entrar naquela floresta.

— O príncipe Erebo entraria — disse Delfina, encarando Snowdon e tentando parecer mais alta.

Snowdon inclinou-se e o focinho dele ficou a poucos centímetros de seu rosto. Ele tremia de raiva, mas sua voz continuava firme.

— O príncipe se foi — grunhiu. — Nós o perdemos na noite em que perdemos a Noz de Prata.

Fez-se um silêncio constrangedor entre todos ali, ao redor do fogo. Ninguém parecia saber o que dizer.

— Não ligue para ele — interveio Delfina, finalmente. — Nem sempre ele é assim.

— Não — comentou Feroz, com sua voz aguda. — Às vezes ele *realmente* fica de mau humor.

Hugo sentou-se num tronco de árvore e dobrou as pernas, deixando os joelhos perto do peito.

— Bom, já deve ser hora da sobremesa — disse Pórcasus num tom alegre.

Saltitando até uma árvore ali perto, ficou de pé nas patas traseiras, inclinando-se contra o tronco. Enquanto balançava a árvore, os frutos caíam dos galhos, tamborilando no chão como uma chuva grossa. Logo estava de volta à fogueira com uma pequena pilha de frutinhas silvestres nos braços. Colocou uma braçada de frutas no colo de Hugo.

— Essas frutas se chamam geleosas — disse ele. — Estão frescas demais para o meu gosto, mas ainda estão bem gostosas. A melhor parte é mastigar a semente. Experimente.

Hugo colocou uma frutinha na boca, com ar triste. A polpa era doce, mas a semente era do tamanho de uma bolinha de gude, e Hugo não conseguia mastigá-la, por mais que tentasse. Então ficou revirando a semente na boca por algum tempo e depois a colocou na mão quando Pórcasus não estava olhando.

— Nunca se sabe — disse Delfina, finalmente. — Pode ser que Snowdon veja as coisas de outra maneira amanhã de manhã.

— Talvez — repetiu Hugo. — Eu ainda não desisti. Meu pai me ensinou a não desistir.

Sorriu, apesar de tudo. Olhou em volta para as estranhas criaturas reunidas em volta do fogo.

— Vocês são tão diferentes — disse Hugo. — Como é que vocês vieram parar aqui nesta pequena ilha?

— Bom, só lhe digo que antes esta pequena ilha era um enorme continente, há milhões de anos — respondeu Pórcasus. — Quando o nível do mar começou a subir, nossos ancestrais foram forçados a ir para as terras mais altas. A ilha que você vê hoje é só a ponta do continente.

— Então o mar fez todos vocês ficarem mais próximos?

— Pode-se dizer que sim — disse Delfina. — Podemos ser muito diferentes uns dos outros, mas nos damos muito bem.

Feroz bocejou, esticou as patinhas no ar e disse:

— Acho que vou dar o dia por encerrado. Boa-noite, Hugo. Durma bem. Sonhe com os anjos, e não com as lesmas-d'água assassinas.

Atravessou com passos pequenininhos o chão cheio de musgo e desapareceu num buraquinho num toco de tronco de árvore.

— E eu vou voltar para o rio — disse Delfina. — Vejo vocês amanhã.

Quando ela se foi, Pórcasus explicou que Delfina era uma golfineia, uma sereia-golfinho, portanto precisava dormir no rio.

— Mas você pode dormir perto do fogo comigo, meu amigo — disse Pórcasus. — Estou exausto e imagino que você também esteja.

Hugo estava muito cansado, mas ainda segurava as três sementes de geleosa que havia escondido de Pórcasus. Rapidamente cavou um pequeno buraco no chão com o calcanhar, enquanto Pórcasus se aconchegava num amontoado de folhas. Cobriu as sementes com a terra e colocou sua bolsa em cima para esconder o montinho que havia feito. Em seguida pegou um dos cobertores que havia em sua bolsa e se juntou a Pórcasus, deitando-se no colchão improvisado de folhas. Enquanto observava as estrelas no céu, Hugo ficou pensando por um bom tempo.

Onde estaria o tio Walter? Será que ele estava a salvo? Quem era o príncipe Erebo? O que havia acontecido com ele? E que diabos era a Noz de Prata?

Capítulo 18

Quando Hugo abriu os olhos, viu duas narinas úmidas encarando-o. Por alguns instantes, ficou muito animado ao perceber que tudo aquilo não fora apenas um sonho — de fato, tinha feito amizade com um porco que falava e voava. Logo depois lembrou que seu tio ainda estava desaparecido e sentiu o coração pesar em seu peito como uma pedra.

Pórcasus ainda estava dormindo quando Delfina veio ver Hugo. Sua pele estava molhada e brilhante, já que ela havia passado a noite no rio.

— Oi, Hugo. Dormiu bem?

— Como uma pedra. E você?

— Como um seixo.

— Será que você poderia me mostrar o restante da Península Refúgio? — perguntou Hugo, determinado a conhecer o lugar e começar a montar um mapa mental daquela estranha ilha.

— Claro. Vem comigo.

Delfina guiou-o através de uma passagem cheia de folhagens e depois os dois subiram por uma ribanceira com chão de terra. Precisaram segurar-se às raízes das árvores para conseguir subir. Enquanto subiam, Delfina explicou que só conseguia ficar em terra seca por algumas horas e que não poderia sobreviver muito sem ficar submersa para respirar. Quando virou a cabeça, Hugo percebeu, pela primeira vez, as guelras na lateral de seu pescoço.

No topo da ribanceira, o solo continuava a subir, mas com um ângulo menor, e logo estava coberto por uma grama viçosa. Depois de algum tempo, chegaram ao cume de um morro arredondado e, lá de cima, a vista da Península Refúgio era incrível. A terra avançava para dentro do mar feito um braço verde que tenta alcançar o céu.

— Aqui é tão calmo — disse Hugo.

Delfina fez que sim.

— Bem que podia ficar assim para sempre — disse ela.

— Você não parece estar muito otimista.

— E não estou — confirmou Delfina, com um sorriso triste. — Há muitos anos a Península Refúgio é o nosso lar. Sempre foi uma área extremamente pacata, mas, há duas noites, um bufalogro conseguiu passar pelo túnel. Ainda bem que Snowdon conseguiu espantá-lo antes que ele conseguisse capturar alguém. Ele finge que está tudo bem, mas eu sei que só está tentando deixar todo mundo calmo. Quando encontram uma fonte de comida, os bufalogros não perdem tempo e vão logo atrás.

— Por que vocês não se mudam para outra parte da ilha? — perguntou Hugo.

— A Península Refúgio é a única parte da ilha que os bufalogros não devastaram ainda. Não há mais nenhum lugar onde possamos nos esconder. E, da próxima vez, aquele bufalogro não virá sozinho. Sem dúvida, seremos presas fáceis para um bando de bufalogros famintos.

Nenhum dos dois falou nada durante um bom tempo.

— Posso fazer uma pergunta? — disse Hugo, finalmente.

— Como o outro humano traiu vocês, o que aconteceu com o príncipe Erebo, e o que é a Noz de Prata?

— Você está roubando. Fez três perguntas! — disse Delfina. — Mas acho que posso responder a todas com uma história só.

Tempos atrás alguém chamado Erebo vivia na ilha. Ele era alto e forte, um corajoso guerreiro que fazia o possível para proteger seus amigos. Mas ele também tinha bom coração e queria apenas que houvesse paz na ilha.

Erebo sabia que sua única esperança de criar a verdadeira paz era encontrar a Noz de Prata. A lenda dizia que, em algum lugar na Floresta Entrelaçada, seria possível encontrar a Árvore da Esperança: um enorme carvalho com uma única noz de prata em seus galhos. Diziam que, se alguém segurasse a Noz de Prata, o desejo mais íntimo daquela pessoa se tornaria realidade.

Erebo entrou na floresta sozinho e ficou três semanas procurando a noz em todos os cantos, lutando contra os bufalogros, as lesmas assassinas que se alimentam de carne e diversas outras criaturas venenosas. Ninguém nunca havia sobrevivido mais do que um ou dois dias na floresta sem ser devorado, mas Erebo conseguiu continuar vivo — até que, finalmente, descobriu a Árvore da Esperança. Ele pegou a Noz de Prata e prendeu-a no pescoço.

Instantaneamente, o desejo de paz de Erebo tornou-se realidade: todas as criaturas perigosas ficaram imediatamente mansas. As lesmas gigantes foram se arrastando calmamente para o rio, para se alimentarem de algas, e a folhagem escura e confusa da floresta deu lugar a flores coloridas, de incríveis tons rosados e alaranjados. Até mesmo os temíveis bufalogros se retiraram para os morros, para pastar na grama fresca.

Erebo foi celebrado como herói e feito príncipe, em reconhecimento de sua coragem. Todos na ilha viveram felizes para sempre... Quer dizer, durante alguns anos.

Certa noite, um estranho veio para a ilha. Dizia que seu nome era Pedro, que era um explorador vindo de um lugar chamado Amazônia. O príncipe Erebo mostrou-lhe a ilha e deixou que ele dormisse na Península Refúgio. Durante o jantar, Pedro perguntou a Erebo o que era o pingente prateado que ele trazia preso ao pescoço. O príncipe confiou em Pedro, então contou a ele sobre o poder da Noz de Prata.

Mais tarde, naquela mesma noite, Pedro entrou sorrateiramente na cabana do príncipe e roubou a noz de seu pescoço enquanto Erebo dormia. Pedro escapou, buscando refúgio na Floresta Entrelaçada. No entanto, Pedro não se dera conta de que, assim que a noz não estivesse mais em poder do príncipe, não haveria mais paz na ilha. Os bufalogros desceram dos morros sentindo cheiro de sangue em suas narinas. Depois de anos se alimentando de nada além de grama, tinham sede de sangue e logo estavam no encalço de Pedro.

Erebo foi acordado pelos berros de caça dos bufalogros que interromperam o silêncio da noite. Imediatamente se deu conta do que acontecera e foi atrás de Pedro o mais rápido que pôde. Pedro conseguiu sair vivo da Floresta Entrelaçada, mas os bufalogros o alcançaram na praia, na Enseada Violeta. Quando Erebo chegou ao topo do penhasco, Pedro estava cercado.

Pedro implorou para que o príncipe o ajudasse. Disse que havia escondido a Noz de Prata na ilha e que levaria Erebo até ela se ele o protegesse dos bufalogros. Erebo fez o possível para lutar contra aquelas feras, mas, depois de passarem tantos anos exiladas nas montanhas, agora aquelas criaturas estavam mais selvagens do que nunca. Pedro tornou-se parte do Banquete da Meia-Lua dos bufalogros, e o príncipe teve a sorte de escapar com vida. Nunca mais encontraram a Noz de Prata. Desde então, o medo e o perigo pairam sobre a ilha.

Capítulo 19

Quando Delfina terminou de contar sua história, Hugo percebeu que estava boquiaberto e que havia um pouco de baba em sua camisa.

— Que incrível! — disse ele, enxugando o queixo. — O príncipe Erebo parece ser um herói de verdade.

— E ele é. Digo, era — respondeu Delfina.

— Ele morreu?

Delfina fez que sim.

— Sobreviveu por alguns dias, mas, no fim, acabou morrendo por causa dos ferimentos de batalha.

— Por que os bufalogros são tão maus?

— Bom, se voltarmos mais ainda no passado, a lenda diz que os bufalogros estavam adormecidos bem no fundo da terra, aprisionados em um labirinto de túneis e cavernas. Diziam que a entrada para esse mundo malévolo estava em uma caverna, nas montanhas. Os animais da ilha não tinham permissão para se aproximar da caverna, pois todos receavam perturbar os monstros que havia lá embaixo. Naquela época, havia paz na ilha, e os animais colhiam frutos e pescavam quando queriam comer. Com o tempo, surgiu uma sociedade liderada por Fuji, um ancestral distante do príncipe Erebo. Os animais aprenderam a se comunicar e acabaram ficando na fronteira da Floresta Entrelaçada. Mas, certo dia, algumas lesmas-d'água foram até a boca da caverna, hipnotizadas pelo cheiro que vinha da montanha. Seguiram o cheiro até o centro do labirinto.

— E o que aconteceu? — sussurrou Hugo.

— As lesmas despertaram os bufalogros adormecidos. Houve um massacre. A maioria das lesmas foi devorada na mesma hora ou então assada no fogo das profundezas. Somente algumas conseguiram escapar ao seguir as próprias trilhas de baba pelo labirinto, até chegar ao ar livre. Infelizmente, foram seguidas pelos bufalogros e por todas as outras criaturas malévolas que habitavam o subsolo: os besouros-vampiros e as cobras-de-três-cabeças.

"Naquela noite, a lua estava pela metade. É por isso que os bufalogros fazem um banquete toda vez que há uma meia-lua no céu. Para celebrar a noite em que as lesmas-d'água os despertaram de seu sepulcro."

— E, com exceção do reinado de paz de Erebo, todos na ilha desde então vivem com medo?

— Sim. Quando o sol surgiu, os monstros do subsolo não conseguiram suportar a luz. As cobras e os besouros fugiram para a escuridão da Floresta Entrelaçada. Os bufalogros continuaram ao ar livre, caçando presas para seu banquete, mas a luz do sol quase os deixou cegos.

— E os ratobutres? — perguntou Hugo. — Por que eles são submissos aos bufalogros?

— Porque são fracos — respondeu Delfina. — Quando os bufalogros escaparam pela primeira vez, parecia que nenhum animal sobreviveria à luz. Fuji lutou como um verdadeiro guerreiro, mas não tinha como proteger todos. Os ratobutres pesaram os prós e contras e decidiram ficar do lado dos bufalogros, para salvar a própria pele.

Hugo percebeu que Delfina estava chateada. Ele não disse nada durante um bom tempo, pensando nos bufalogros, em Pedro e na Noz de Prata, até sentir a cabeça girar.

— Por que Pedro escondeu a Noz de Prata na ilha? — perguntou ele, finalmente. — Por que ele simplesmente não a colocou no bolso ou algo assim?

Delfina encolheu os ombros.

— Ninguém sabe. É um mistério. Assim como é um mistério onde foi parar aquele pedaço de madeira.

— Que pedaço de madeira?

— Ah, eu não falei dele? Quando Pedro pediu ao príncipe Erebo para que o protegesse, mostrou a ele um pequeno pedaço de madeira. Disse que havia escrito nele a localização da noz. Antes de morrer, Erebo voltou à praia. Passou seus últimos dias procurando o pedaço de madeira, que nunca apareceu. Imagino que o mar o tenha levado.

Hugo agarrou o braço de Delfina. Os olhos dele brilhavam de tanta empolgação.

149

— Ou talvez o mar tenha levado para dentro de alguma gruta estreita no penhasco, onde a madeira ficou preservada desde então!

— Hã... É, talvez — respondeu Delfina, estranhando o que ele dizia.

Hugo ficou de pé num pulo e começou a descer o morro correndo.

— Vem!

— Por que você ficou tão animado de repente? — perguntou Delfina, correndo para alcançá-lo.

— Eu acho que vi a pista! Eu sei onde está o pedaço de madeira.

— Onde?

Hugo parou e deu um grande sorriso para Delfina.

— Na minha bolsa!

Capítulo 20

Hugo e Delfina correram até a clareira, passando rapidamente por Snowdon, que estava catando madeira para o fogo.

— Onde vocês estavam? — vociferou ele.

— Hugo acha que encontrou a pista que Pedro deixou! — exclamou Delfina por cima do ombro.

Pórcasus ainda estava dormindo perto das cinzas da fogueira quando os dois chegaram correndo na clareira, parando de repente e deslizando sobre a grama cheia de orvalho. Ambos estavam sem fôlego, mas não conseguiam parar de rir, de tão animados.

— Onde está a sua bolsa? — perguntou Delfina, sem ar.

— Está por aqui, em algum canto — disse Hugo, observando o chão.

Pórcasus deu um ronco alto e ficou sentado. Contraía os olhos por causa da luz do sol e uma de suas orelhas estava de pé, a orelha do lado sobre o qual ele estava dormindo.

— Mas que diabos é essa confusão toda? Como vocês têm coragem de me acordar tão cedo?

Hugo olhou para cima. Pelas copas das árvores, ele podia ver o sol bem acima deles.

— Mas, Pórcasus, já é quase meio-dia.

— É? — indagou Pórcasus. — Céus! Melhor eu me levantar, então. Preciso me apressar, senão não vou ter tempo de tomar o café da manhã antes da hora do almoço.

— É, não é bom você pular nenhuma refeição — disse Delfina. — Do contrário, vai ficar magro demais.

— Exatamente — concordou Pórcasus, coçando sua enorme e redonda barriga. — Será que sobraram geleosas?

De repente, Hugo lembrou: na noite passada, ele havia enterrado três sementes de geleosa no chão e coberto o montinho de terra com sua bolsa. Correu até o toco de árvore que havia usado como banco e, bem atrás dele, estava sua bolsa. Quando a levantou, Hugo percebeu três mudas bem verdes crescendo ali na terra, cada uma com uns dez centímetros de altura e um pequeno botão em flor cor-de-rosa na ponta. "Devem ter crescido das sementes de geleosa durante a noite", pensou ele, muito surpreso.

No entanto, os gritos animados de Delfina o distraíram e impediram que ele continuasse pensando naquilo.

— E então? Está aí? — perguntou ela. — Você ainda está com ela?

— Com o quê? — perguntou Pórcasus, com a boca cheia de enguia e batatas.

— Ele diz que está com a pista de onde a Noz de Prata está escondida — disse uma voz calma, vinda dos arbustos. De lá, surgiu Snowdon, carregando algumas árvores pequenas em seus braços fortes. Deixou-as cair no chão e começou a arrancar os galhos de uma delas, para depois transformá-los em toras para o fogo. — E então, Hugo? — perguntou ele. — Está com você ou não?

Hugo abriu a aba de sua bolsa e olhou lá dentro. Em meio aos cobertores, estava o pequeno pedaço de madeira que ele havia encontrado na reentrância da rocha. Virou a madeira para ver os estranhos símbolos marcados e depois a segurou no ar para que os outros vissem.

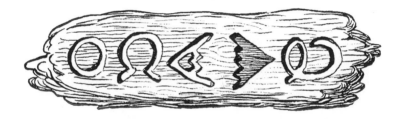

O pelo de Snowdon ficou todo arrepiado.

Delfina cobriu a boca com as mãos membranosas.

Pórcasus fez "oh!" e aí começou a se engasgar com a comida. Snowdon deu-lhe alguns tapas fortes nas costas e um pedaço de enguia saiu voando de sua boca como se fosse uma bala. O pedaço de comida por pouco não atingiu Hugo e acabou ficando grudado numa árvore atrás dele.

— Essa é mesmo a pista? — disse Delfina.

— Onde foi que você achou isso? — quis saber Snowdon.

— Numa caverna lá na praia — respondeu Hugo. — Perto de onde o Pórcasus me resgatou ontem.

— Então deve ser isso mesmo — disse Snowdon.

Ele pegou o pedaço de madeira das mãos de Hugo, afastou-se e ficou analisando. Ali, em suas enormes patas peludas, a madeira parecia somente um pequeno graveto. Delfina e Pórcasus ficaram em volta dele para olhar mais de perto. Até Feroz surgiu de seu toquinho de madeira para ver o que era aquela comoção toda. Ansioso para poder enxergar do melhor ângulo possível, subiu correndo pelo corpo de Snowdon e escalou seu braço. Pendurando-se com dificuldade no pedaço de madeira, Feroz examinou um símbolo de cada vez, os bigodinhos tremulando de tanta curiosidade.

Os quatro ficaram uma eternidade discutindo a pista entre eles. Hugo tentou desesperadamente ouvir o que estavam dizendo. Por mais que tivesse dado alguns passos para ficar mais perto do grupo, ele só conseguia discernir uma ou outra palavra dos sussurros.

Finalmente eles se afastaram, e Snowdon se aproximou de Hugo, que fingia estar distraído, examinando uma folha e assobiando.

— Bom, Hugo — disse Snowdon. — Todos nós concordamos que essa é a pista para a localização da Noz de Prata.

Hugo ficou pulando de um pé para o outro, de tão animado que se sentia.

— E então... Onde ela está?

Snowdon ajoelhou-se e pôs sua enorme pata no ombro de Hugo.

— Não sabemos. Nunca vimos nada parecido com esses símbolos. Imaginamos que seja algum tipo de língua estrangeira.

A animação de Hugo murchou feito um balão furado por um espinho. Cabisbaixo, deixou sua bolsa escorregar até o chão.

— Mas esse pedaço de madeira é tudo o que temos! — disse ele, sua voz cortada pelo desespero. — É a nossa única esperança para encontrar a Noz de Prata e trazer de novo a paz para esta ilha. É a minha única esperança de encontrar meu tio Walter. Ele precisa significar *alguma* coisa.

— Você precisa encarar os fatos, Hugo — disse Snowdon. — A Noz de Prata está perdida para sempre... e o seu tio também.

Delfina olhou com raiva para Snowdon e disse:

— A única coisa que se perdeu para sempre foi a sua coragem. Hugo, eu preciso nadar um pouco agora. Por que você não vem comigo e conhece o Kramer? Podemos perguntar se ele entende o que está escrito na pista.

— Kramer não vai saber o que significa — murmurou Snowdon.

— Olha, Snowdon, se eu não conhecesse você muito bem, eu ia achar que você está feliz por não entendermos o que diz a pista — disse Delfina, com rispidez. — Acho que você está é aliviado por não ter de entrar na floresta. Acho também que você é uma bola de pelos medrosa.

Snowdon começou a argumentar, mas Delfina, Feroz e Hugo já tinham dado meia-volta e ido embora.

Capítulo 21

Perto do rio era fresco e silencioso. A água límpida resvalava lentamente por sobre os seixos, correndo suavemente de um lado para o outro, serpenteando por entre as árvores.

Delfina disse que ia procurar Kramer, então Hugo e Feroz ficaram esperando na beira do rio e olhando enquanto ela entrava no rio. Delfina foi caminhando até a água bater suavemente em seus quadris. Depois ela mergulhou e, com um rápido movimento dos pés membranosos, deslizou na água e sumiu do campo de visão. Tudo o que restava ali era um círculo na água.

— Kramer é outra golfineia? — perguntou Hugo.

— Espere e verá — retrucou Feroz, rindo, seus bigodinhos fazendo cócegas na orelha de Hugo.

Mas Hugo não estava em estado de espírito propício para solucionar mais um enigma. Quanto mais pensava na tarefa que tinha pela frente, mais desesperado se sentia. Fechou as mãos em torno de seu pingente de madeira para que elas não tremessem.

— Não posso ficar somente sentado aqui, sem fazer nada.
— E o que você estaria fazendo caso seu tio Walter estivesse aqui agora? — perguntou Feroz.
— Estaríamos fazendo um mapa desta ilha fantástica — disse Hugo, sorrindo ao imaginar a cena.
— Então, por que você não tenta? — sugeriu Feroz. — Talvez se sinta melhor.

Hugo pegou seu caderno e um pouco de carvão em sua bolsa e começou a esboçar um mapa. De memória, desenhou a costa e sombreou a barreira de névoa. Desenhou um pequeno navio para indicar a posição em que *El Tonto Perdido* estava ancorado e também a caverna na Enseada Violeta onde havia passado a noite. Usou sombras para indicar a face rochosa do penhasco e fez dois esboços detalhados de dois pássaros com cabeças de rato no local onde os ratobutres haviam capturado o tio Walter.

Em seguida, delineou o dedo recurvo que era a Península Refúgio e também o riacho com suas curvas suaves. Fez um desenho da face áspera da montanha no formato de uma elipse estreita e uma linha pontilhada para indicar o túnel. Depois traçou as árvores como as havia visto de cima, usando um símbolo diferente para cada espécie. Algumas tinham folhas pontudas e ásperas, então ele as desenhou com beiradas irregulares. Outras eram mais arredondadas, e ele as desenhou feito nuvens.

— Você tem razão — disse Hugo. — Desenhar este mapa me deixa mais calmo. Como se, no fundo, o tio Walter não estivesse muito longe.

Delfina finalmente apareceu, surgindo do fundo do rio. Por alguns instantes, Hugo pensou que ela estivesse sozinha, mas então viu outra criatura emergir da água atrás dela e levou um susto.

Subindo a beirada do rio com ar insolente e preguiçoso, na direção deles, vinha o crocodilo-de-duas-cabeças. Suas costas eram ásperas, com escamas, e suas duas bocas retorciam-se em dois sorrisos marotos. Sua cauda pontuda arrastava-se pelo chão, balançando de um lado para o outro a cada passo.

— Hugo — disse Delfina —, este é o Kramer.

Hugo engoliu em seco.

— O... o... olá, Kramer.

— Não tenha medo — disse uma das cabeças. — Nós não vamos comer você.

— É, não vamos. Acabei de tomar o café da manhã — completou a outra cabeça. — Então não estou com fome... AINDA.

— Ele está brincando — disse a primeira cabeça.

— Claro que estou brincando — disse a outra cabeça. — Na verdade, estou morrendo de fome!

Hugo forçou-se a dar uma risadinha.

— Delfina me contou sobre o misterioso pedaço de madeira — disse a primeira cabeça. — Posso ver? Eu costumo ser ótimo nessa coisa de resolver enigmas quando as minhas duas cabeças pensam juntas.

Hugo entregou a pista a Kramer. Primeiro uma cabeça e depois a outra observaram a pista atentamente, como se fossem joalheiros avaliando um diamante.

— E então? — disse Hugo. — Vocês sabem o que significa?

— Espere um segundo — disse uma das cabeças; enquanto isso, pingos de água caíam dos dois focinhos do crocodilo. — É. Calma — disse a outra cabeça, sorrindo. — Afinal, você não ia querer que eu tomasse alguma decisão precipitada, num estalar de *mandíbulas*, digo, de dedos, certo?

— Claro que não — disse Hugo. — Podem ficar aí *mastigando*, digo, ruminando à vontade.

Apesar disso, finalmente, Kramer acabou tendo de admitir sua derrota. Ele não tinha a menor ideia do que significava aquela pista. Hugo, Feroz e Delfina tentaram ocultar sua decepção.

— Bom, pelo menos vocês tentaram — disse Delfina.

Kramer viu o caderno de Hugo e perguntou o que ele estava desenhando. Hugo mostrou-lhe o mapa, explicando como ele representava a ilha quando vista de cima. Kramer, que nunca tinha visto um mapa na vida, ficou fascinado. Observou-o longamente, balançando as cabeças à medida que compreendia como o mapa representava o território da ilha.

— E o que esse pedaço aqui significa? — perguntou Kramer, apontando para o canto inferior esquerdo com uma de suas garras afiadas.

— Ah, essa é a legenda — disse Hugo. — É aí que o cartógrafo explica o que são os símbolos no mapa.

Mostrou a ele como os círculos pontiagudos representavam as árvores com folhagem angulosa e os símbolos em formato de nuvens representavam as árvores com folhagem mais arredondada.

— Muito interessante — disse Kramer, movimentando as cabeças, maravilhado. — E esse símbolo aqui embaixo?

— É um pedaço pequeno do rio — disse Hugo. — É só uma curva. Só um exemplo.

— Humm — disse Kramer, pensativo. — Curioso.

— O que é curioso? — perguntaram Hugo e Delfina ao mesmo tempo.

— Talvez seja apenas coincidência — disse uma das cabeças —, mas esse símbolo que mostra um único pedaço do rio é bem parecido com a segunda letra da pista.

Sua outra cabeça fez que sim, concordando, e disse:

— Eu estava pensando a mesma coisa.

Hugo olhou para a legenda do mapa e depois para os estranhos símbolos no pedaço de madeira. Seu coração disparou e ele sentiu os pulmões expandirem de tanta esperança. De repente, Hugo entendeu: a pista não era uma palavra nem um alfabeto de outra língua. Os símbolos nem mesmo eram letras. Eram somente desenhos.

— Isto não é uma pista com uma palavra! — exclamou Hugo. — É um tipo de mapa!

Capítulo 22

Hugo voltou correndo para mostrar a Pórcasus e a Snowdon o que havia descoberto. Delfina e Kramer vinham logo atrás, enquanto Feroz tentava bravamente alcançá-los. Sem fôlego, o pequeno ratinho corria o mais rápido que suas perninhas conseguiam, as orelhas balançando como duas bandeirinhas rosadas.

Quando chegaram perto de Snowdon, que estava prestes a descer o rio para pescar enguias, Hugo, Delfina e as duas cabeças de Kramer começaram a falar ao mesmo tempo — falavam animadamente, as vozes embaralhando-se, dificultando o entendimento do que eles diziam. Feroz chegou e se prostrou aos pés de uma árvore pequena, seus pulmões ofegantes por baixo da pelagem macia.

Snowdon levantou seu cajado no ar.

— Silêncio! — ordenou.

Hugo e Delfina calaram-se imediatamente, mas Kramer continuou a falar, e suas duas cabeças discutiam uma com a outra.

— Eu vi o mapa primeiro!

— Sim, mas eu disse que parecia o desenho na pista antes de você.

— Mas eu estava pensando a mesma coisa.

— Não estava, não.

— Estava, sim!

— Eu disse SILÊNCIO! — exclamou Snowdon.

Dessa vez, as duas bocas se fecharam imediatamente.

— Hugo — continuou Snowdon, agora em tom mais suave —, conte para mim o porquê desse entusiasmo todo.

O menino mostrou a ele o mapa que havia desenhado e explicou como a legenda funcionava, chamando a atenção para o fato de que a curva no rio parecia o segundo símbolo da pista deixada por Pedro.

— Este pedaço de madeira é uma espécie de mapa. Acho que descreve a paisagem onde a Noz de Prata está escondida. Pedro deve ter desenhado para que depois pudesse voltar e pegar a noz. O segundo símbolo é um rio, e eu acho que o último símbolo deve ser a noz. Se conseguirmos identificar os outros símbolos, então certamente vamos encontrar a Noz de Prata e salvar meu tio —, mas a gente precisa fazer isso logo. A lua fica pela metade amanhã à noite.

Snowdon não parecia nem um pouco impressionado.

— E esses outros símbolos? — perguntou. — O que o primeiro representa?

Delfina encolheu os ombros. Kramer pareceu confuso e balançou as duas cabeças. Hugo franziu a testa e examinou a forma circular.

— Vocês não terão muita chance de encontrar a noz se nem sequer entendem o que é o primeiro símbolo do mapa — disse Snowdon, em tom de desdém. — Vão ficar andando pela ilha a esmo, tentando encontrar uma curva desconhecida num rio desconhecido?

— Você não tem ideia alguma do que possa ser esse símbolo? — perguntou Delfina.

— Nenhuma — disse Snowdon, sem pestanejar.

— Estou surpreso, Snowdon — disse Pórcasus, surgindo de um agrupamento de árvores, onde estivera colhendo frutas. — Uma coisa é você desistir totalmente de encontrar a Noz de Prata, outra completamente diferente é impedir os outros de tentar algo que você não tem coragem de fazer.

— O que está querendo dizer com isso? — grunhiu Snowdon.

— Você sabe muito bem, assim como eu, que a Floresta Entrelaçada tem o formato de um círculo perfeito. E tenho certeza de que você sabe que é isso o que significa o primeiro símbolo no mapa de Pedro.

— Mas é claro! — exclamou Hugo, lembrando-se da vista privilegiada que tivera da floresta quando sobrevoou a ilha montado em Pórcasus.

165

— Eu não tinha percebido isso — disse Snowdon, sem muita convicção na voz. — Além disso, a área da floresta é enorme. Vocês podem levar dias para encontrar essa curva específica no rio. E, quando isso acontecer, é provável que já tenham sido devorados vivos.

— Vamos falar com o Noé — disse Pórcasus. — Se existe alguém que consegue decifrar este mapa, é ele.

— Noé Comprido? — zombou Snowdon. — Boa sorte, então! Mesmo que ele consiga decifrar as pistas no mapa de Pedro, ele não vai dar nenhuma resposta direta a vocês. Noé só fala por meio de parábolas complexas. Vocês vão sair de lá mais confusos do que antes.

Hugo quis desesperadamente perguntar quem era esse tal de Noé Comprido, mas desconfiou (e estava certo) que aquela não era a melhor hora para perguntar.

— Muitos de nós já morreram tentando recuperar essa noz — disse Snowdon. — Vocês terão sorte se conseguirem sobreviver à Floresta Entrelaçada.

— Mas precisamos ao menos tentar — disse Hugo. — Logo os bufalogros vão retornar à Península Refúgio. Se quisermos ficar a salvo, alguém precisa seguir esse mapa e entrar na Floresta Entrelaçada. Sim, é provável que a gente não sobreviva. Mas, se não fizermos nada, sem dúvida todos nós vamos morrer. O meu pai me ensinou que só devemos desistir quando o jogo acaba de vez. E o jogo ainda não acabou.

Hugo respirou fundo e continuou:

— Eu vou tentar salvar o meu tio, quer vocês me ajudem, quer não. E então... Quem vem comigo?

Por alguns instantes, todos ficaram em silêncio.

De repente, Feroz deu um pulo e foi correndo até um grande cacto.

— Eu vou com você, Hugo — declarou ele, arrancando um espinho do cacto. — Com a minha força e a sua determinação, nós vamos dar uma lição naqueles monstros e eles nunca mais vão mexer conosco.

Apoiado nas patas traseiras, Feroz dava golpes no ar com o espinho do cacto como se ele fosse uma espada.

— Tomem isso! E isso! Aqueles bufalogros não vão nem ter tempo de ver quem acabou com eles.

— Obrigado, Feroz — disse Hugo, comovido com a lealdade de seu amigo roedor, mas no fundo esperando que mais alguém se juntasse a ele. Alguém maior.

— Rá! — disse Snowdon, com desdém. — Que chance vocês dois têm?

Hugo inflou o peito e olhou para cima, encarando Snowdon.

— Um peão e um cavalo podem derrotar um exército inteiro.

— Então eu serei o cavaleiro sobre o cavalo — disse Feroz, golpeando o ar com seu espinho de cacto. Em seguida, murmurou, mais para si do que para alguém específico: — Acho que nem sei direito o que é um peão.

— Então vamos, Cavaleiro Feroz. Vamos indo — disse Hugo, passando a alça de sua bolsa pela cabeça. Feroz subiu correndo pelas roupas do amigo e empoleirou-se em seu ombro.

— Espere um pouco, Hugo — interrompeu Pórcasus. — Como você já deve ter suspeitado, eu estou longe de ser um grande guerreiro. Na verdade, sou a antítese de um herói: gosto demais de comer e de dormir para ter alguma utilidade em uma batalha contra os bufalogros... — disse ele, fazendo uma pausa para colocar um pêssego na boca, e depois retomando, com um entusiasmo repentino: — Mesmo assim... De jeito nenhum vou esperar os bufalogros aparecerem um dia e me arrastarem da cama.

Hugo sorriu, agradecido. E Pórcasus continuou:

— Obviamente, Delfina e Kramer não poderão ir. Não temos ideia de quanto tempo ficaremos longe de um rio, então eles terão problemas para respirar.

— Eu vou ficar de guarda no túnel — disse Kramer.

— Acompanho vocês um pouco — ofereceu-se Delfina. — Não preciso tanto de água quanto o Kramer.

Hugo virou-se para Snowdon.

— E você, Snowdon? Você vem ou não?

Snowdon pendurou sua rede de pesca no ombro. Olhou para o pequeno grupo reunido diante dele e suspirou.

— Não.

Capítulo 23

Hugo, Pórcasus e Delfina caminhavam enfileirados rumo à Floresta Entrelaçada, com Feroz montado no ombro de Hugo. O ar ali era quente e úmido, e o sol acima de suas cabeças estava bem quente. Atravessaram um prado com uma incrível grama turquesa e passaram por arbustos com folhas douradas e formato de mãos. As grandes flores alaranjadas nos arbustos tinham formato de sino e faziam com que as folhas parecessem pequenas. Os narcisos pareciam cumprimentá-los enquanto passavam. Quando o grupo parou para descansar, Hugo incluiu essas plantas em seu mapa.

Junto com seu caderno, ele também levava alguns pêssegos e batatas na bolsa, cuja alça estava cruzada sobre seu peito. Levava também um pedaço grande de madeira para se defender. Pórcasus havia pegado "emprestados" um arco e algumas flechas de Snowdon, achando que ele não daria falta deles. Embora nunca tivesse usado nenhuma arma durante toda a vida, ele se sentia mais seguro carregando o arco e as flechas. Por precaução, Delfina fizera um nó corre-

diço na corda de Hugo, que ela carregava enrolada e pendurada sobre o ombro. Feroz tinha como arma seu espinho de cacto. Nenhum deles admitia que estava nervoso, então faziam piadas para disfarçar.

— Bah! Quem é que tem medo de lesmas que devoram carne? — zombou Feroz.

— E desde quando besouros-vampiros dão medo? — disse Hugo.

— Pois é — riu Pórcasus, de um jeito meio desesperado.

— E daí que eles têm duas vezes o seu tamanho e presas curvas que parecem adagas?

Hugo engoliu em seco, nervoso. Delfina logo acrescentou:

— Mas eles só saem à noite. E nós já vamos estar fora da floresta ao pôr do sol.

— Exatamente — concordou Pórcasus, aliviado. — Não há nada a temer.

Mais calmos, continuavam avançando, a passos largos.

Algum tempo depois, Hugo perguntou:

— Quem é esse tal de Noé Comprido?

Pórcasus explicou que Noé Comprido era o Oráculo — a criatura mais antiga e mais sábia de toda a ilha. A lenda dizia que ele morava na floresta, mas que tinha o poder de desaparecer e aparecer onde quer que desejasse. Noé utilizava esse poder para escapar do perigo e de visitantes indesejados, então era muito difícil encontrá-lo. Dizia-se que ele só ajudava aqueles que estavam do lado do bem.

— Precisamos acreditar que ele deseja ser encontrado — disse Pórcasus.

Quanto mais se aproximavam da floresta, mais ansiosos ficavam. Depois de algumas horas, todos estavam tão nervosos que caminhavam em silêncio... até que Pórcasus deu meia-volta e indagou:

— Quem está aí?

Sem resposta.

— Tenho certeza de que ouvi passos atrás de mim — disse ele.

— Vai ficar tudo bem — disse Feroz. — Eu protejo você.

— Hã... Obrigado, meu amigo. Eu me sinto muito mais seguro ao saber que a minha vida está em suas pequenas patinhas.

Enquanto continuavam a implicar um com o outro, um vulto observava o grupo de longe, a uns trinta metros de distância. Agachado embaixo de um arbusto espesso com compridas folhas em espiral, o vulto observou-os caminhar até saírem de seu campo de visão. Depois os seguiu, mantendo distância.

Quando chegou à beirada do pequeno morro gramado, Hugo parou de repente. Feroz não estava se segurando e acabou voando de seu ombro, tentando em vão agarrar o ar. Hugo reagiu rapidamente: conseguiu agarrar a cauda de Feroz enquanto ele caía.

— Desculpe — disse Hugo. — Você está bem?

— Nunca estive melhor — respondeu Feroz, num tom mal-humorado, balançando de cabeça para baixo como um pêndulo peludo.

— Por que a gente parou? — perguntou Delfina.

— Olhe ali embaixo — respondeu Hugo.

No pé do morro, a pouca distância deles, começava a Floresta Entrelaçada.

As árvores eram muito altas e tinham galhos retorcidos e emaranhados. Pareciam gigantes com mil anos de idade, de braços dados para formar uma barricada. Suas copas espessas e frondosas sibilavam ferozmente contra a brisa, e seus troncos se sobrepunham, fazendo com que nenhuma luz fosse capaz de entrar ou sair. Por baixo de suas copas cor de esmeralda, a Floresta Entrelaçada era negra como a noite.

O grupo ficou ali, parado, num silêncio estupefato.

Depois de algum tempo, Hugo falou:

— Eu estava pensando nos tais besouros-vampiros. E me dei conta de uma coisa.

— Do quê? — perguntou Delfina.

— Bom, você disse que eles só aparecem de noite. O negócio é que, pelo jeito, na Floresta Entrelaçada é noite o tempo todo.

— Ora, não se preocupe com um ou outro besouro-vampiro — disse Feroz, golpeando um inimigo imaginário com seu espinho de cacto.

— Já consigo até ouvir os besouros tremendo debaixo de suas carapaças — disse Pórcasus.

Hugo e Delfina entreolharam-se, desconfiados.

— Na verdade, não existe um caminho melhor para entrar na floresta — disse Delfina. — Não temos muita escolha.

— Pórcasus, será que eu não poderia sobrevoar a floresta com você? — sugeriu Hugo, em tom alegre.

— Ah, se eu pudesse, meu caro — disse Pórcasus com um suspiro. — Minhas pobres asinhas ainda estão exaustas da nossa aventura de ontem. Mal consigo levantá-las, que dirá batê-las!

— Bom, então vamos entrar na floresta.

Hugo liderava o grupo, abaixando a cabeça por causa dos galhos mais baixos. Por segurança — e para conservar suas forças para a futura batalha —, Feroz optou por ir dentro de seu bolso. O ar ali embaixo da folhagem era frio e úmido. O lugar era tão escuro que Hugo nem sequer conseguia enxergar os próprios pés, que faziam barulho ao sugar a terra enlameada. Virou-se para ver se os outros o seguiam.

— Pórcasus, Delfina, vocês estão aí? — falou alto, arregalando os olhos o máximo que conseguia para tentar enxergar naquela escuridão.

Logo após sentiu algo dar batidinhas em seu peito algumas vezes. Deu um passo para trás, mas sentiu as batidinhas de novo, e depois sentiu que agarravam seu braço. Hugo pulou, apavorado.

— Socorro! Socorro! Me pegaram! — gritou, agitando os braços. — Venham rápido! Pórcasus, Delfina, me ajudem! Ele vai sugar o meu sangue!

Hugo ouviu uma voz conhecida bem perto de seu ouvido:

— Acalme-se, meu rapaz — disse Pórcasus, em voz baixa. — Quem pegou você fui eu. E pode ter certeza de que não vou sugar coisa nenhuma, muito menos o seu sangue.

Era difícil avançar com todos aqueles galhos agarrando roupas e pelos, e com aquela lama sugando seus pés. Iam tateando o caminho, passando por cima de raízes retorcidas e abaixando-se quando passavam pelos galhos mais baixos, forçando caminho por entre a densa folhagem — até que Hugo deu de cara com um tronco de árvore imenso, cuja largura era igual à sua altura. A árvore tinha uma casca áspera e nodosa, cheia de profundas reentrâncias. Hugo a examinava com interesse quando, bem no meio do tronco, abriram-se dois brilhantes olhos azuis. Os olhos eram perfeitamente redondos, com pupilas enormes, e piscavam e olhavam com curiosidade para ele.

Petrificado de medo, Hugo encarava aqueles olhos. Em seguida, para sua surpresa, a árvore falou:

— Você jamais deveria ter entrado na floresta — sussurrou ela. — A morte está à espera de todos os que entram.

— Eu... eu... n... não quero causar nenhum prob... problema — gaguejou Hugo.

— Você será punido por sua insensatez. A Floresta Entrelaçada será o seu túmulo — disse a árvore.

Tremendo como as folhas ao seu redor, Hugo agarrou seu cajado e esperou que a árvore atacasse. Foi aí que Delfina apareceu, seguida de perto por Pórcasus.

— Essa árvore acaba de ameaçar me matar — disse Hugo, fazendo um gesto de cabeça para o tronco nodoso. — Ela disse que eu vou morrer na floresta.

— Nossa, acho que você está meio abalado, Hugo — disse Delfina, meio nervosa. — Árvores não falam.

— Você tem razão, Delfina — disse Pórcasus, sorrindo. — As árvores não falam. Mas as corujas, sim.

Quando disse isso, uma coruja branca feito a neve saiu de um buraco no tronco da árvore e ficou olhando fixamente para eles. Seu peito era branco e rechonchudo, decorado por pequenos tufos de penas de um roxo profundo, e seus olhos redondos brilhavam como dois planetas azuis. Com as asas bem dobradas às suas costas, a coruja tinha um ar de pacata sabedoria.

— É uma sentineloruja da floresta — disse Delfina, aliviada. — Ela só está sendo gentil.

— Gentil? — exclamou Hugo. — Ela disse que a floresta vai ser o meu túmulo!

— Ela só estava advertindo você a respeito dos perigos da floresta. Tentando assustá-lo para o seu próprio bem.

Pórcasus ergueu uma pata e agradeceu à coruja por se preocupar com eles. Assegurou-lhe que sabiam dos perigos da floresta, mas que estavam determinados a procurar a Noz de Prata.

— Então desejo a vocês boa sorte — sussurrou ela antes de voltar para o seu buraco.

— Você achou mesmo que a árvore ia atacar você? — perguntou Feroz, saindo do bolso de Hugo. — Eu logo percebi que a árvore não levantaria um dedo, digo, um galho nem para matar uma mosca.

— No começo deu medo, sim — insistiu Hugo. — Mas acho que, por mais *casca-grossa* que a árvore seja, ela é inofensiva.

Delfina deu um suspiro bastante audível e disse:

— Acho que já ouvimos muitas piadinhas sobre árvores por hoje.

— Ela tem razão — disse Pórcasus, em tom severo. — A semente, digo, o assunto está morto e enterrado. Acho que agora devemos nos concentrar na *raiz* do problema.

Ocultos pela selva de árvores, outro par de olhos observava o grupo atentamente enquanto ele penetrava cada vez mais fundo na floresta.

Capítulo 24

Durante horas, o mundo pareceu absorto num silêncio absoluto. Sem a luz do sol, o grupo não tinha a menor ideia de que horas poderiam ser, e ali era escuro demais para saber quanto da floresta já haviam percorrido — ou quanto ainda teriam de percorrer.

Estavam todos cansados, mas era Delfina quem mais sofria. Havia um mínimo de umidade no ar para que conseguisse respirar, mas ela já estava se sentindo fraca e precisaria nadar durante um bom tempo para recuperar seus pulmões.

— Sei que as coisas parecem péssimas agora — disse Hugo, enquanto caminhavam. — Mas pelo menos não encontramos nenhum besouro-vampiro.

— Verdade — concordou Feroz, depois acrescentando: — Que barulho é esse?

— Não estou ouvindo nada — disse Pórcasus. — Acho que as suas orelhas absurdas de grandes lhe estão pregando uma pe...

De repente, um zumbido tomou conta da floresta, interrompendo o que Pórcasus dizia. E ficou cada vez mais alto, cada vez mais rápido, tão alto que Hugo teve até de cobrir as orelhas. Alguma coisa negra e brilhante passou perto de seu rosto. Delfina deu um grito quando a coisa foi rapidamente para o outro lado, jogando Pórcasus no chão. Em seguida, para grande alívio de Hugo, o zumbido cessou. Lentamente, Hugo tirou as mãos das orelhas e deu meia-volta. E então viu a coisa mais horrível de toda a sua vida, a poucos metros de distância, olhando fixamente para ele.

Hugo percorreu o monstro com os olhos, dos pés à cabeça, examinando sua feiura em um assombro silencioso. Remexendo as antenas, o monstro ocultou suas delicadas asas sob a carapaça. Ele tinha seis pernas angulosas, cada uma com três segmentos, revestidas com a mesma carapaça brilhante que protegia suas asas. Seu corpo era mais ou menos do tamanho do casco de um barco a remo, com dois segmentos que se sobrepunham antes da cabeça, como se fossem ombros encurvados. Tinha uma cabeça com formato de gota achatada, feito um capacete, que na frente se dividia ao meio, terminando em duas presas curvas e letais.

A cabeça do inseto girava lentamente de um lado para o outro, em busca de sua presa. Suas quelíceras moviam-se como pinças letais, batendo umas nas outras e fazendo um barulho alto, como se o monstro estivesse ansioso para experimentar seu banquete sangrento.

— Imagino que isso seja um besouro-vampiro, certo? — sussurrou Hugo.

— Não se mexa — sussurrou Pórcasus, deitado de maneira desajeitada no chão. — Eles são completamente cegos, mas suas antenas conseguem captar os menores movimentos.

Hugo estava prestes a fazer um movimento de cabeça para indicar que compreendia, mas parou a tempo. Quanto mais tentava ficar imóvel, mais ciente ficava dos movimentos de seu corpo. Será que aquele monstro conseguia sentir o estômago de Hugo subindo e descendo debaixo de sua camisa folgada enquanto ele tentava respirar devagar? Será que iria atacá-lo bem nos seus olhos que se moviam, ou bem no seu coração, que batia loucamente no peito, ou até mesmo investir na direção de Feroz, que se retorcia nervosamente em seu bolso?

Delfina também estava achando muito difícil ficar imóvel. Ela havia se abaixado quando o besouro passara rápido perto de sua cabeça e agora estava congelada numa posição desajeitada, semiagachada. Já estava se sentindo fraca por causa da falta de água, e agora sentia uma enorme agonia nas pernas, que suportavam o peso de seu corpo.

Sem dizer uma palavra, Delfina desmaiou, caindo no chão com um gemido cansado.

A cabeça do besouro fez um movimento para o lado, na direção de Delfina. Foi correndo para ela, as pernas dele movimentando-se uma após a outra, feito dedos que tamborilam sobre uma mesa. Quando o besouro passou a poucos centímetros de seu rosto, Hugo sentiu os pelinhos em seus braços ficarem arrepiados — mas não se mexeu. Em vez disso, ficou observando, sem nada poder fazer, o inseto gigante aproximar-se do corpo inconsciente de Delfina.

O inseto apanhou-a com as duas patas da frente e apoiou-se nas esguias patas de trás. Ela ficou suspensa nas patas do monstro, inerte como uma boneca de pano. O besouro gigante inclinou a cabeça para trás e abriu as quelíceras.

— Precisamos fazer alguma coisa — sussurrou Feroz, dentro do bolso de Hugo.

Hugo fez que sim com um tímido movimento.

Sem parar para pensar, ele correu, ficou atrás do inseto e, com todas as suas forças, bateu com o cajado nas costas do monstro.

— Toma isso! E isso! — gritou Hugo.

Mas o inseto nem sequer se moveu com os golpes de Hugo. O monstro simplesmente virou a cabeça na direção dele, movimentando furiosamente suas antenas, como se quisesse localizar sua posição exata. Então se virou para Delfina e abriu suas presas famintas mais uma vez.

— Pórcasus! — gritou Hugo. — Use o seu arco!

Pórcasus ajoelhou-se com dificuldade e tirou uma flecha da aljava às suas costas. Pegou o arco com um braço esticado e colocou a flecha. Segurando a corda do arco no casco fendido de sua pata, ele a puxou até aproximá-la do seu rosto e, exatamente como um arqueiro experiente, fechou um olho e seguiu o corpo da flecha para mirar. Quando estava certo de que o besouro-vampiro estava bem na sua mira, soltou a flecha.

A flecha voou numa velocidade mortal. Infelizmente, passou pelo menos a uns dez metros de distância do besouro e desapareceu na floresta, fincando-se num tronco de árvore ao longe e fazendo "tóim!".

— Mas que diabos foi isso? — sussurrou Hugo, irritado.

— Desculpe — disse Pórcasus, encolhendo os ombros.

— Eu nunca havia usado esse negócio na vida.

As presas do besouro agora estavam quase se fechando em volta do pescoço de Delfina. Hugo precisava fazer alguma coisa, e rápido. Agarrou seu cajado como uma lança e foi silenciosamente até as costas do besouro. Mirou a ponta afiada do cajado em uma das patas do inseto e deu um golpe entre os segmentos da carapaça.

O besouro-vampiro soltou um guincho e começou a debater seus membros loucamente. Derrubou Delfina no chão e deu meia-volta para ficar de frente para Hugo. Acertou-lhe um golpe com uma das patas, derrubando o cajado de suas mãos. Enquanto tentava desesperadamente se afastar, Hugo acabou tropeçando no chão desnivelado e caiu sentado. O besouro voou sobre ele, suas presas fechando-se, impacientes e famintas. Hugo tentou se arrastar para trás, mas sentiu a cabeça bater contra o tronco grosso de uma árvore e percebeu que não tinha saída.

Feroz surgiu de repente do bolso de Hugo e correu com passinhos pequenos até o besouro, golpeando uma de suas patas com o espinho de cacto.

— Toma isso!

O besouro não teve nenhuma reação.

Hugo ouviu outra flecha ser lançada do arco de Pórcasus. Sentiu uma ponta de esperança — mas só até perceber que a flecha, mais uma vez, passara novamente bem longe do alvo.

O besouro-vampiro agarrou Hugo e o ergueu no ar. Os pelos pontudos nas pontas de suas patas agarravam-se às roupas do menino feito cola. Hugo ficou olhando para o buraco negro que havia entre as presas de sabre do inseto. E aí o besouro-vampiro deu um solavanco violento. Deixou Hugo cair no chão e começou a cambalear para trás. O menino ficou olhando confuso enquanto o besouro ia para a frente e para trás — ele se lembrou de Oliver Muddle quando este ficava bêbado e tentava manter o equilíbrio. Um líquido espesso e escuro começou a escorrer da boca do besouro, que engasgava e lançava gotículas no ar. O inseto cambaleou por mais alguns segundos e então caiu com tudo no chão, inclinado para a frente, como uma árvore tombada.

Hugo ficou ali, parado, em silêncio, observando se o besouro faria algum movimento. Depois de alguns instantes, Feroz aproximou-se para examinar o monstro caído. Meio hesitante, circundou o corpo uma vez, mantendo distância das patas esticadas — e então começou a pular, com as patinhas para cima e chutando as perninhas para um lado.

— Imagino que essa dancinha queira dizer que ele não vai mais zumbir no nosso ouvido — disse Hugo.

— Acho que ele finalmente foi atingido pelo bom-senso — disse Feroz, rindo.

Hugo ficou olhando para o monstro prostrado à sua frente. Fincada em suas costas, exatamente na reentrância mais estreita que havia entre os segmentos de sua carapaça, havia uma flecha. Admirado, Hugo levantou os olhos para parabenizar Pórcasus por sua incrível mira.

Atrás do corpo do besouro-vampiro, estava Pórcasus, ajoelhado, pelo jeito ainda mais admirado do que Hugo. Mas Pórcasus não estava segurando o arco. Ajoelhado a seu lado, segurando o arco em seu braço esticado e com a corda ainda vibrando suavemente, estava Snowdon.

Capítulo 25

Hugo correu até Snowdon. Queria abraçá-lo, mas só olhou para cima, encarou-o e sorriu:

— Obrigado. Você salvou a minha vida.

Snowdon afagou a cabeça de Hugo com sua enorme pata.

— Bom, você salvou a vida de Delfina, e Pórcasus salvou a minha. Então acho que estamos todos quites.

Snowdon agachou-se para examinar Delfina. Ela agora estava consciente, mas ainda muito fraca.

— Ela vai ficar bem? — perguntou Hugo.

— Vai, sim. Só precisamos levá-la até a água.

— Eu ainda não entendi — disse Feroz. — Como o Pórcasus salvou a sua vida, Snowdon?

— Eu estava seguindo vocês pela floresta. Queria ter certeza de que vocês estavam a salvo. Quando o besouro-vampiro apareceu, eu estava prestes a atacá-lo, mas então a maior cobra-de-três-cabeças que eu já vi na vida caiu em cima de mim. Consegui decepar duas de suas cabeças com a minha espada, mas não fui rápido o suficiente para cortar a terceira. Ela estava prestes a me picar com suas presas venenosas quando Pórcasus me salvou.

— Salvei? — perguntou Pórcasus, surpreso. — Digo... Sim, salvei.

— Mas como exatamente? — perguntou Feroz, olhando incrédulo para Pórcasus.

— Eu... hã... Bom, eu não gosto de ficar me gabando.

Snowdon soltou uma risadinha grave:

— Aquela segunda flecha que Pórcasus atirou no besouro-vampiro passou a vários metros de distância dele. Mas acabou atingindo a cobra bem entre os olhos, matando o monstro instantaneamente.

— Mas que sorte! — exclamou Hugo, rindo.

— O que você quer dizer com "sorte"? — perguntou Pórcasus, indignado. — Eu sabia que Snowdon estava nos seguindo. Eu o vi pouco antes de a gente entrar na floresta. Eu ia matar o besouro, mas então vi o Snowdon lutando com aquela cobra terrível lá longe.

— Ah, é? — disse Feroz. — Você deve ter uma visão e tanto para enxergar de tão longe nessa escuridão toda.

— Garanto a você que a minha visão é perfeita — respondeu Pórcasus. — Foi uma decisão difícil, mas eu precisava agir logo. Eu sabia que Snowdon estava em perigo mais imediato que Hugo, por isso decidi matar a cobra.

— Então, por que você não matou o besouro com a primeira flecha? Em vez de atirar a flecha no meio da floresta para lá? — perguntou Feroz.

— Bom... hã... Essa é uma excelente pergunta — gaguejou Pórcasus. — Eu... hã... Bom, veja bem...

— Acho que você só devia estar treinando o alvo, não é? — sugeriu Hugo.

— Sim, isso mesmo — disse Pórcasus. — Um bom arqueiro sempre precisa experimentar com um tiro de improviso.

Um gemido de Delfina lembrou o grupo de que precisavam encontrar água. Snowdon disse que conseguia ouvir o ruído de um riacho ali por perto e sugeriu que fossem para lá descansar. Pegou Delfina em seus braços e guiou o grupo pela floresta, sua cauda curta balançando de um lado para o outro enquanto andava.

— Por que você mudou de ideia e resolveu vir com a gente? — perguntou Hugo, atrás dele.

— Por dois motivos. Contarei quando pararmos para descansar.

A pequena fogueira emitia um brilho laranja, mas sua luz era rapidamente engolida pela escuridão da floresta. Parecia um planeta de fogo em meio ao céu noturno. Hugo, Feroz e Pórcasus sentaram perto do fogo, e Snowdon começou a andar para lá e para cá ao redor do grupo, pronto para começar a explicar. Delfina ficou deitada no riacho, deixando a água fresca correr sobre suas guelras.

— Em primeiro lugar, eu imaginei que talvez você fosse precisar disto aqui — disse Snowdon.

De um saco de pano, ele tirou uma espada embainhada e entregou-a nas mãos de Hugo, que pegou o punho da espada e a desembainhou. Erguendo a arma, sentiu seu peso e golpeou o ar como se lutasse contra um inimigo invisível.

— Ela é muito bonita — disse Hugo, admirando o formato rebuscado do punho da espada. — Obrigado.

— Ela pertencia ao meu pai — informou Snowdon. — Para ele, que era do meu tamanho, era apenas uma adaga, mas é uma espada de bom tamanho para você.

— Você tem alguma arma para mim? — quis saber Pórcasus.

— Bom, já que você é um arqueiro tão exímio, pensei que pudesse ficar com o meu arco e as minhas flechas.

— Mas é claro! Nada vai sobreviver às flechas que eu disparar.

— Nem mesmo a gente — comentou Feroz, falando baixo.

De repente, Hugo teve uma ideia.

— Por acaso vocês sabem qual foi o desejo de Pedro quando ele conseguiu a Noz? — perguntou.

— Não devemos expressar nenhum desejo quando temos a Noz — disse Snowdon, em tom solene. — A Noz não é uma lâmpada mágica. Ela tem o poder de olhar bem dentro da sua alma e conceder o seu desejo mais íntimo. Você pode achar que deseja uma coisa, mas o seu coração talvez anseie por algo diferente... Por algo que você nunca admitiu, nem para si mesmo. Até hoje, ninguém sabe qual desejo egoísta de Pedro foi realizado pela Noz.

Pórcasus interrompeu o silêncio que se seguiu:

— E qual é o outro motivo?

— Como?

— Você disse que veio nos ajudar por dois motivos. Você achou que Hugo poderia precisar da espada e...?

— Ah, sim — disse Snowdon. — Quando vocês saíram da Península Refúgio, disseram que o plano era encontrar Noé Comprido e perguntar a respeito do mapa.

Os outros concordaram.

— Bom, pode ser que eu possa ajudar nisso — continuou Snowdon. — Há muitos anos, quando eu era apenas um filhote e esta ilha ainda vivia uma era de paz, eu e meu pai encontramos Noé Comprido. O que ele nos disse foram coisas confusas que não fizeram nenhum sentido e não nos levaram a lugar algum.

— E como isso poderia nos ajudar? — perguntou Hugo.

— Bom, eu fui até a casa dele — disse Snowdon, sorrindo. — Eu sei onde Noé Comprido mora.

Snowdon insistiu para que os outros dormissem durante algumas horas, enquanto ele ficaria de guarda. Hugo fechou bem os olhos, mas não conseguia relaxar. Suspirou.

— O que houve, Hugo? — indagou Feroz, aconchegando-se perto de seu rosto.

— Eu fico imaginando qual deve ser o desejo mais secreto do meu coração — respondeu Hugo. — Quer dizer... Tenho quase certeza de que desejo a paz para esta ilha mais do que qualquer coisa, porque isso garantiria a segurança do meu tio Walter. Mas eu sempre sonhei em algum dia ser o capitão do meu próprio navio ou um cartógrafo conhecido no mundo inteiro. E se um desses dois últimos desejos for mais forte? E se eu for egoísta demais para salvar o meu tio?

Feroz retorceu os bigodinhos e disse:

— Bom, acho que, se você fosse egoísta assim, não estaria aí sem conseguir dormir, preocupado, pensando nisso.

— É, talvez.

— Assim que encontrarmos a Noz de Prata, você e o seu tio voltarão para aquele navio e poderão ir para casa.

Um pensamento passou pela cabeça de Hugo e de repente ele sentiu que suas esperanças se esvaíam.

— Isso se o navio ainda estiver esperando por nós — disse ele. — Talvez todos achem que nunca mais vamos voltar. Talvez até já tenham ido para casa.

Capítulo 26

— Eles nunca mais vão voltar — disse Hawkeye, fitando com seu único olho a muralha de névoa a cinquenta metros do *El Tonto Perdido*.

— Não vejo por que esperar mais — disse Rusty Cleaver, servindo o jantar dos marujos. — A essa altura, aquele menino e o velho já devem ter virado sopa dos nativos da ilha.

— Ou coisa pior — acrescentou Rockford.

Nenhum dos marujos conseguia imaginar o que poderia ser pior do que ser cozido vivo pelos nativos, mas não queriam discutir com o colega enorme e musculoso. Todos concordaram.

— O que tem para o jantar hoje, Rusty? — perguntou Swipe. — Não me diga que é carne em conserva e biscoitos de novo.

— Não. É uma receita nova — disse Rusty. — Biscoitos e carne em conserva.

Oliver Muddle bateu com um biscoito no convés e um bichinho branco caiu dele. Pegou o bichinho, que se retorcia, e o jogou para dentro da boca. Depois jogou o biscoito no mar.

— E o que o almirante vai comer na hora do chá?

— Eu disse a ele que vai ser carne assada com bolinhos cozidos — informou Rusty, com um sorriso malicioso.

— Mas o que vai ser de verdade? — perguntou Hawkeye.

— Carne em conserva e biscoitos.

— Aquele homem é um idiota. Como vamos convencê-lo de que precisamos ir embora? — disse Oliver Muddle.

Bandit e Swipe entreolharam-se, preocupados.

— Mas se navegarmos mais para o oeste, certamente cairemos pela beirada do mundo.

— O velho disse que o mundo é redondo — disse Muddle.

— Mas então como é que as pessoas do lado de baixo não caem? — zombou Swipe.

— Ele disse que é porque o mundo gira muito rápido — respondeu Muddle.

Bandit terminou de tomar sua caneca de cerveja.

— Deve ser por isso que me sinto tonto o tempo todo — disse ele, rindo.

Os marujos não tinham ouvido Rupert sair da cabine. Ele estava atrás deles, no convés principal.

— É isso que eu gosto de ouvir — disse Rupert. — A minha tripulação relaxada, divertindo-se. Também gosto de me divertir, aliás. Sobre o que vocês conversam tão alegremente?

Os marinheiros olharam para o chão. Hawkeye revirou o olho. Ninguém disse nada.

— Nada é melhor do que ouvir marujos conversando sobre o mar — disse Rupert. — Continuem, vamos. Finjam que não estou aqui.

Alguém tossiu.

— Que tal uma música? — sugeriu o almirante. — Imagino que vocês saibam músicas muito engraçadas!

Silêncio.

Ao longe, o som de uma ave.

— Bom, é um prazer conversar com vocês — disse Rupert. — Muito bom mesmo... hã... Muito bom. A propósito, marujo Cleaver, o cozido estava meio seco. E os bolinhos estavam duros demais. Meio passados, até. Espero que nossos padrões de qualidade não estejam caindo.

— Não, almirante — murmurou Rusty. — Desculpe.

Quando o almirante Lilywhite deu meia-volta para ir embora, Rockford deu uma cotovelada nas costelas de Oliver Muddle. Muddle grunhiu, e Rupert virou-se de novo.

— Há alguma coisa que você queira dizer, Muddle?

Oliver Muddle olhou ao redor, para os outros marinheiros. Todos o encaravam com ar sério e o cenho franzido.

— Bom, s... s... senhor, é que eu e os homens, a gente... estava... c... conversando... — gaguejou ele. — E... acabamos concluindo, então... que o cartógrafo e o menino não vão mais voltar para o navio. Eles já estão na ilha há duas noites.

Se formos mais para o oeste, vamos cair para fora do mundo. Achamos que é hora de dar meia-volta e voltar para casa.

Rupert olhou para o grupo de homens sentados em círculo diante dele. Sentia no ar certo desconforto, certo ar de rebeldia. Precisaria medir bem as palavras se quisesse que seus homens apoiassem totalmente suas decisões.

— Meus caros, vocês não têm a menor ideia do que estão falando — disse ele. Um murmúrio de protesto percorreu o grupo de marinheiros. Rupert ficou desconcertado, mas continuou: — O que quero dizer é que vocês não entendem. Nós não entendemos. Os mistérios deste mundo estão além da compreensão dos homens simples. E não existem homens mais simples sobre a face da Terra do que vocês.

Rupert fez uma pausa. Os marinheiros olhavam para ele em silêncio. Alguns estavam boquiabertos. Imaginando que aquilo fosse sinal de respeito, Rupert continuou: — Sim, somos uma equipe e somos todos iguais... Com exceção do almirante, porque eu é que mando, é claro. Não sairemos daqui até que o cartógrafo e seu aprendiz voltem com cocos e dados em número suficiente para que eu alcance a fama. Agora, com licença, preciso ir me deitar em minha cabine.

Enquanto observava Rupert ir embora, Rusty contraiu a mandíbula de raiva.

— Se eles não voltarem até amanhã à noite, nós vamos para casa — disse ele, franzindo a testa. — Quer o almirante "eu é que mando" Lilywhite goste ou não.

Capítulo 27

Hugo despertou com Snowdon sacudindo suavemente seu ombro.

— Precisamos seguir em frente.

O progresso deles era bem mais rápido agora que Snowdon liderava o grupo pela floresta. Ele usava sua grande espada para cortar a densa vegetação rasteira, decepando galhos grossos como se fossem gravetos.

Enquanto caminhavam, Hugo lembrou-se da história que Delfina havia lhe contado sobre o príncipe Erebo. Tentou imaginá-lo penetrando com dificuldade na Floresta Entrelaçada, sozinho, em busca da Noz de Prata.

— Que espécie de criatura era Erebo? — perguntou Hugo, depois de algum tempo.

— Bom, ele morreu antes de eu nascer — disse Pórcasus. — Mas dizem que ele era um líder fantástico, cuja bravura só era superada por sua inteligência. Então acho que sabemos o que isso significa.

— Você não está sugerindo que Erebo era um porco voador, está? — disse Delfina, rindo.

— A modéstia me impede de falar mais sobre o assunto.

— Mentira! — protestou Feroz, pulando para a cabeça de Hugo, todo animado. — Erebo não tinha verrugas nem fôlego curto; ele era belo e poderoso. Assim como eu.

— Erebo era um rato-falante? — riu Pórcasus. — Nunca ouvi nada tão ridículo em toda a minha vida. Ele era um valente guerreiro, não um roedor diminuto.

— Talvez ele fosse um guerreiro valente para o tamanho dele — respondeu Feroz.

— Sabe, Snowdon — disse Delfina —, você deve ser a única criatura com idade suficiente para ter conhecido Erebo.

— Que diferença isso faz? — grunhiu Snowdon, golpeando com raiva a vegetação. — Erebo se foi e ninguém nesta ilha poderia tomar seu lugar. É tudo o que há para saber.

Todos continuaram a caminhar lentamente, em silêncio.

Depois de mais ou menos uma hora, perceberam que o mundo ao redor ficava mais claro, com sombras e texturas surgindo na escuridão. Logo estavam em um prado cheio de ondulações, coberto por flores de todas as cores possíveis. Finalmente haviam saído da Floresta Entrelaçada!

Contraindo as pálpebras por causa da forte luz do sol, Hugo ficou maravilhado com o caleidoscópio de flores espalhadas ali como confete. Lá em cima, o céu era de um azul límpido. O sol já havia subido um pouco em relação ao horizonte, o que fez Hugo se sentir ansioso de repente.

— Já devem ser pelo menos nove horas — disse ele.
— Precisamos nos apressar. Esta noite vai ser o Banquete da Meia-Lua.

— A casa do Noé Comprido fica muito longe? — perguntou Pórcasus.

— Se não me falha a memória, o Noé Comprido mora bem ali — disse Snowdon, farejando o ar enquanto examinava a paisagem.

Os outros olharam na direção que Snowdon apontava. Tudo o que podiam ver era o infinito tapete formado pela grama e as pétalas subindo e descendo suavemente a distância. Hugo olhou de soslaio para Feroz, que estava sentado em seu ombro.

Feroz encolheu os ombros, confuso, e sussurrou:

— Talvez a luta de Snowdon com a cobra-de-três-cabeças o tenha deixado louco.

— Pois é — concordou Hugo. — Talvez o cérebro dele tenha ficado sem oxigênio quando a cobra tentou estrangulá-lo.

— Olha, odeio ter de estragar um momento tão alegre, Snowdon, mas não tem casa nenhuma ali — disse Pórcasus.
— As únicas coisas que existem ali são a grama, as flores e um toco de árvore meio podre.

— Obrigado, Pórcasus, por seu excelente poder de observação — disse Snowdon. Em seguida, com passos largos, ele se dirigiu para o toco de árvore, e logo atrás dele seus companheiros. Ajoelhou-se e bateu no tronco cinco vezes com a bainha de sua espada.

Todos esperaram. Nada aconteceu.

— Talvez ele tenha se mudado — disse Pórcasus. — Sei lá, talvez tenha vendido o tronco por um bom preço e comprado um balde na cidade. Ele sempre sonhou com um.

E foi aí que se ouviu um "pof!" bem alto, e uma pequena fumaça brilhante e rosada surgiu sobre o toco de árvore. Quando a fumaça se dissipou, revelou um ser parecido com um anão — era o menor homem que Hugo tinha visto na vida. Não devia ter mais do que trinta centímetros de altura e mais ou menos o mesmo de largura. Dois olhos espreitavam em meio ao cabelo crespo que cobria seu corpo rotundo, e seu nariz adunco parecia uma salsicha com verrugas. Os pés e as mãos, estranhamente grandes, pareciam surgir direto de seu corpo, como se ele não tivesse pernas nem braços. Calçava sapatos de madeira.

— Sim? — disse o homenzinho, em tom impaciente.

— Você é Noé Comprido? — perguntou Pórcasus.

— Quem você esperava, o rei da Espanha?

— Não, estávamos procurando por você — Hugo apressou-se a responder. — É que a gente imaginava que você fosse um pouco mais... bem...

— ... mais alto? — completou Noé Comprido.

Hugo fez que sim, constrangido.

— Entendo. Porque o meu nome é Comprido, então vocês acharam que eu seria comprido. Vocês levam as coisas

muito ao pé da letra, não? — disse Noé, com um suspiro entediado. — Vocês também acham que um cavalo-marinho tem cascos, por acaso? Ou que os cachorros daquela raça que parece uma salsicha são feitos de carne de porco? Imagino a decepção de vocês quando perceberam que a manga de suas camisas não tinha gosto de manga. Olá, Snowdon. Como você cresceu!

Snowdon grunhiu.

— Mas então... O que o traz de volta aqui depois de tanto tempo?

— Não foi ideia minha vir até aqui — respondeu Snowdon.

— Ele está brincando — disse Feroz, rindo. — Ele é um grande fã seu. Um enorme fã.

Delfina explicou que eles achavam que haviam encontrado a pista de Pedro indicando o local onde estava a Noz de Prata. Disse a Noé que acreditavam que a pista devia ser algum tipo de mapa que poderia levá-los até a Noz. Hugo tirou da bolsa o pedaço de madeira e mostrou a ele.

— Antes de analisar essa pista, devo alertá-los que estou proibido de dar respostas diretas — disse Noé Comprido. — Essa é a regra número um do *Livro de Regras do Oráculo em formato de livro de bolso*. Só tenho liberdade para guiá-los. A minha sabedoria é um dom, mas eu não estaria ajudando ninguém se saísse dando informações a torto e a direito. Vocês mesmos devem descobrir a solução. Trabalhem em conjunto e conseguirão. Lembrem-se: vocês devem aprender a pensar individualmente se quiserem ter a honra de encontrar aquilo que desejam.

Snowdon fez "hmpf!". Os outros concordaram com as regras.

— Bom, imagino que seja melhor fazermos tudo do jeito oficial — continuou Noé. — O Supervisor de Oráculos diz que toda sabedoria deve ser transmitida por meio de rimas. Então lá vai.

Noé pigarreou e começou a recitar:

Aprendam a pensar, é o que peço
E maior será o seu sucesso.
Se eu não estiver mais ao seu lado para guiar
Então a Noz de Prata conseguirão alcançar.
Para ter conhecimento, devemos conquistar
A sabedoria, mas logo ela é esquecida.

Noé Comprido apoiou-se num pé, depois no outro, meio embaraçado.

— Sim, eu sei... A última parte não ficou muito boa — disse ele, constrangido. — Só porque eu sou sábio, não significa que sou bom poeta. E aposto que nenhum de vocês consegue recitar algo melhor.

Os outros educadamente concordaram. Era difícil recitar algo melhor.

— Volto num instante — disse Noé Comprido, desaparecendo numa nuvem de fumaça brilhante.

— Para onde ele foi? — perguntou Delfina.

De repente, outra nuvem de fumaça brilhante surgiu e Noé reapareceu, ajustando sobre a cabeça um chapéu com abas viradas para cima, velho e empoeirado.

— Desculpem — disse ele. — Eu precisava colocar o meu chapéu, ele me ajuda a pensar. Bom, agora, deixem-me olhar o tal mapa.

O pedaço de madeira era grande demais para Noé, então Hugo ficou segurando para ele. Noé examinou cuidadosamente os símbolos gravados.

De repente, os sapatos de madeira de Noé começaram a se chocar um contra o outro, bem alto.

— Ah, então vocês sabem para onde este mapa leva, é? — disse ele para seus sapatos. — Mas que tamancos mais inteligentes vocês são!

A essa altura, Hugo já tinha visto tantas coisas mágicas na ilha que não estava nem um pouco surpreso com o fato de os sapatos de Noé serem capazes de decifrar o mapa — nem mesmo com o fato de serem capazes de falar.

— O que eles estão dizendo? — quis saber Hugo.

— Tenham paciência! Somente quando vocês descobrirem uma das pistas é que o meu chapéu e os meus sapatos poderão ajudá-los a decifrar a pista seguinte. Vocês devem começar encontrando essa curva com formato de ferradura no rio.

— Isso a gente já sabe — disse Pórcasus. — Será que você não poderia dizer algo que a gente já não tenha descoberto?

Noé refletiu por alguns instantes e recitou:

Qual será o próximo destino?
Se vocês não sabem, não faz mal.
Saboreiem uma Lesma
Esta é a minha pista inicial.
E vejam só, até rima! Não é legal?

Mais uma nuvem de fumaça cintilante surgiu e Noé Comprido desapareceu.

— Só isso? — indagou Pórcasus. — É só isso que ele vai nos dizer? O que ele disse não faz nenhum sentido! Como é possível saborear uma lesma? Lesma é um bicho nojento! E, se for uma lesma-d'água, pior ainda!

— Saboreiem uma lesma... — repetiu Delfina. — O que eu não entendo é que ele enfatizou que essa seria a primeira pista, mas depois não nos deu mais nenhuma.

— Vamos refletir um pouco sobre o que ele disse — ponderou Hugo. — Deve ter algum significado.

— Pode ser uma grande bobagem — murmurou Snowdon.

— Já que você está aqui, bem que poderia nos ajudar — disse Delfina, em tom ríspido.

Todos tentaram pensar no enigma individualmente. De tantos em tantos minutos, Pórcasus emitia um ronco de frustração ou Snowdon balançava a cabeça. Delfina ficou sentada em silêncio, refletindo com o queixo apoiado na mão. Hugo pegou seu caderno e anotou a pista para poder pensar nela com mais cuidado. Feroz estava agarrado à manga de Hugo. Olhava para o caderno, depois para o menino e, em seguida, para o caderno de novo.

— Não consigo me concentrar com você me olhando desse jeito — disse Hugo.

— Desculpe — murmurou Feroz, remexendo os bigodinhos. — Finja que eu não estou aqui.

O tempo passou. Ninguém disse nada.

Hugo quase conseguia sentir o sol deslizando pelo céu.

Finalmente, Snowdon soltou um grunhido de frustração e disse:

— Isso é uma perda de tempo. Esse enigma é impossível de solucionar. Todos nos esforçamos ao máximo, mas acho que chegou a hora de voltarmos para a Península Refúgio. Nenhum de nós vai sobreviver se estiver aqui quando a meia-lua surgir.

— Não! — exclamou Hugo. Olhou desesperado para Delfina e Pórcasus, em busca de apoio.

— O Snowdon tem razão — disse Delfina, meio relutante. — Se não conseguirmos decifrar o mapa do Pedro, estamos perdidos.

— Detesto ter de admitir isso, meu amigo — disse Pórcasus, colocando uma pata no ombro de Hugo —, mas acho que o Snowdon tem razão. Vamos para casa.

Hugo, sentindo seu sangue circular com força, esquivou-se de Pórcasus. Sentia a cabeça latejando. Sentia-se impotente, desamparado.

— Talvez você tenha razão — murmurou, enfim. Logo depois ouviu uma voz perto de sua orelha.

— Nunca desista — sussurrou Feroz. — Você consegue. O que o seu pai diria?

Pórcasus, Snowdon e Delfina já estavam retornando para a Floresta Entrelaçada. Hugo agarrou a peça de xadrez que trazia no pescoço. Fechou os olhos e pensou em seu pai e na ocasião em que ele lhe dera o pingente e explicara a inscrição na base. Abriu os olhos e leu as palavras gravadas: "Honesto, Único, Glorioso, Otimista."

Hugo exclamou, feliz:

— Já sei!

Jogou os braços para cima, celebrando, e com isso Feroz se desprendeu de sua manga e saiu voando. O rato deu uma cambalhota completa no ar e caiu em cima da cabeça de Hugo, agarrando-se a seu cabelo para não escorregar para trás.

Hugo pegou seu pequeno amigo e o pôs de volta no ombro.

— Imagino que você tenha algo de interessante a dizer — disse Feroz.

— Eu decifrei o enigma! — gritou Hugo.

Com toda aquela algazarra, Pórcasus, Snowdon e Delfina voltaram correndo para ouvir a solução de Hugo.

O menino explicou:

— "Saboreiem uma lesma" não é a primeira pista de Noé Comprido. Ele disse que era sua pista *inicial*.

Hugo aguardou alguns segundos, saboreando a expressão confusa no rosto de seus amigos. Continuou:

— Quais são as iniciais de "Saboreiem uma lesma"?

— S, U e L — disse Pórcasus, ainda sem entender.

— Obviamente ele não é lá muito inteligente para essas coisas — murmurou Feroz.

— A palavra que as iniciais formam é "sul"! — exclamou Delfina.

— Exatamente! — disse Hugo. — Noé Comprido acha que encontraremos a curva do rio se formos para o sul.

— Finalmente! — disse Pórcasus. — Eu já estava me perguntando aqui quanto tempo vocês levariam para perceber isso. Quer dizer, eu já tinha descoberto a pista, descobri imediatamente, mas não queria me gabar, ainda mais depois de eu já ter salvado todo mundo na floresta.

— Sim, mas é claro — brincou Feroz. — Não sei o que seria de nós sem você.

— Me sigam, então — disse Pórcasus, saindo em disparada. Depois de alguns segundos, deu meia-volta, percebeu que ninguém o seguia e exclamou:

— Mas o que vocês estão esperando?

— Bom, é que devemos ir para o sul. E você está obviamente indo para o norte — disse Hugo.

— Ah, eu só estava testando vocês — respondeu Pórcasus, retornando com passinhos rápidos.

Enquanto caminhavam na direção sul, os bigodinhos de Feroz aproximaram-se da orelha de Hugo, e ele disse:

— Muito bem, você conseguiu!

— Não. Nós conseguimos — disse Hugo.

Capítulo 28

Hugo agora se sentia mais otimista. O calor do sol aquecia seus ossos e, de repente, ele começou a sentir profunda gratidão por seus novos amigos. Feroz ainda estava rindo de Pórcasus por ele ter ido na direção errada. Mais à frente, Delfina apressava-se para conseguir acompanhar os passos largos de Snowdon.

Algo aconteceu em seguida, algo que os fez lembrar o quanto aquela missão era perigosa.

Estavam todos atravessando um prado quando, de repente, Snowdon jogou-se no chão.

— Abaixem-se! — sussurrou ele, em tom urgente.

Pórcasus, Hugo e Delfina imediatamente se jogaram no chão. Feroz correu e se escondeu no bolso do colete de Hugo.

À direita do grupo, havia um pequeno agrupamento de árvores. Snowdon arrastou-se até lá sobre os cotovelos e então fez um gesto para que os outros o seguissem. Todos se esconderam atrás das árvores o mais rápido que puderam. Ainda com a cabeça baixa, Snowdon fez sinal para que ficassem em silêncio e apontou com o dedo.

A uns trinta metros de distância deles, trotando de um lado para o outro na estrada, estavam três monstros enormes, peludos, horríveis. Pareciam extremamente fortes, com ombros largos e lombos musculosos, pelo áspero e lanoso. Os monstros mantinham as cabeças baixas, como se sentissem o peso dos três chifres contorcidos que tinham na testa, e cada um deles fungava pela única narina em seus focinhos, um ruído de fome. Hugo estava quase certo sobre que tipo de criatura era aquela. Quando uma leve brisa levou o terrível odor de ovos podres na direção deles, ele confirmou sua suspeita.

Snowdon movimentou os lábios sem pronunciar a palavra: "bu-fa-lo-gros".

Uma repentina rajada de vento soprou mais um pouco daquele odor estranho direto no nariz de Hugo, e ele sentiu o fedor bem na sua garganta. Antes mesmo que pudesse tentar reprimir, Hugo tossiu. Os bufalogros pararam imediatamente e olharam para o grupo de árvores onde Hugo estava.

— Não se mexa — sussurrou Snowdon. — Fique exatamente no mesmo lugar.

Um dos bufalogros aproximou-se do agrupamento de árvores. Sob o seu enorme peso, galhos e cascas de árvore crepitavam. Hugo ficou petrificado. O monstro deu alguns passos em sua direção. Agora, a pouca distância, seus olhos feios e rosados apareciam: reviravam loucamente nas órbitas, que se localizavam mais para baixo de cada lado de sua cabeça. Quando o monstro fungou e rosnou, Hugo pôde ver os dentes terríveis que se ocultavam em suas poderosas mandíbulas.

— Tudo bem que não é o animal mais bonito da ilha, mas tenho certeza de que deve ser um encanto de pessoa — sussurrou Feroz.

O bufalogro deu mais um passo à frente. Agora estava exatamente acima de Hugo, que ficou deitado entre suas patas, olhando a grossa cauda que se agitava de um lado para o outro como uma cobra irritada. O fedor de ovos podres estava ficando cada vez pior: Hugo podia senti-lo descendo por sua faringe, revirando-lhe o estômago. Com os olhos lacrimejando e o nariz escorrendo, sentiu que logo ia passar mal.

Um punhado de baba espessa caiu da boca do bufalogro e escorreu pelo rosto de Hugo. Morrendo de nojo, o menino percebeu que estava prestes a vomitar. Tentou mais uma vez conter a ânsia e a tosse, mas não conseguiu.

— BLEEEAAAARGH!

Dessa vez, ele teve sorte: naquele exato momento, um dos monstros emitiu um terrível uivo, extremamente alto, que abafou por completo o ruído feito por Hugo.

Mais dois bufalogros no campo responderam com outro uivo. Então Hugo viu por que estavam tão animados: um filhote de mamute tinha saído de outro agrupamento de árvores ali perto, sem perceber que estava se expondo àqueles monstros terríveis. O pequeno elefante, coberto por uma pelagem felpuda, ficou petrificado quando ouviu os gritos dos animais. Agitou as orelhas e levantou a tromba. Depois viu os bufalogros e fugiu.

O filhote de mamute movimentava-se de maneira surpreendentemente rápida. Sua cabeça balançava de forma desesperada enquanto ele trotava, na esperança de chegar ao abrigo das árvores. No entanto, ele não era páreo para a velocidade e a agilidade dos bufalogros. Dentro de poucos segundos, eles já haviam encurralado a presa. O mamute era maior que os bufalogros, e foi preciso que dois deles lutassem com o animal para conseguir derrubá-lo no chão. Exausto e aterrorizado, o filhote de mamute ficou imóvel enquanto os bufalogros o arrastaram para longe dali.

Consternado, Snowdon começou a ir atrás deles, mas Delfina pôs a mão em seu braço para impedi-lo.

— Não vá agora — disse ela. — É quase impossível você derrotar aqueles bufalogros. Precisamos de você para nos ajudar a encontrar a Noz de Prata. Se a encontrarmos antes da meia-lua, hoje à noite, aquele jovem mamute ficará livre, e o tio Walter também.

— Para onde estão levando o pobrezinho? — perguntou Hugo.

— Os bufalogros vivem num labirinto de cavernas, oculto nas profundezas das montanhas — respondeu Pórcasus. — Eles deixam as presas nos calabouços até a hora do banquete. O seu tio deve estar lá.

— Mas, mesmo que a gente encontre a Noz, como vamos achar essas cavernas?

— Nós vamos achar — disse Snowdon, com determinação na voz. — Farei de tudo para que isso aconteça.

Capítulo 29

Rusty Cleaver foi até a cabine do almirante para recolher o prato do almoço e levar a sobremesa. Parado diante da porta de carvalho entalhada, limpou as mãos em seu avental ensanguentado e pegou na aldrava trabalhada, feita de latão. Estava prestes a bater com ela na porta quando ouviu vozes dentro da cabine. Curioso, recolocou silenciosamente a aldrava no lugar e inclinou-se para a frente, pondo uma orelha contra a madeira fria da porta.

Rusty reconheceu imediatamente a voz do almirante Lilywhite. Embora o som estivesse abafado, ele conseguia entender o que estava sendo dito.

— Você deve estar orgulhoso, marujo — dizia Rupert, em tom de entusiasmo. — Você deu um excelente exemplo para o resto da tripulação, e todos agora o admiram muito. Logo o cartógrafo e o menino estarão de volta, e a nossa missão chegará ao fim — e tudo isso graças a você. Sem a sua experiência e sua enorme sabedoria, essa expedição teria sido um verdadeiro fracasso.

Desesperado para descobrir a identidade do herói do almirante, Rusty abaixou-se para espiar pelo buraco da fechadura. Viu, irritado, que a chave estava na fechadura, bloqueando sua visão. Assim, ele não pôde ver que o almirante Lilywhite estava, na verdade, sozinho, conversando com o próprio reflexo no espelho.

— Ei, Rusty! O que você está aprontando aí? — sussurrou Bandit, que passava por ali a caminho de seu turno no timão.

Rusty deu meia-volta e fez sinal de silêncio, com o dedo sobre os lábios.

— O almirante está falando com alguém lá dentro! — sussurrou Rusty. — Está dizendo que a nossa viagem teria sido um fracasso sem esse tal sujeito.

Em silêncio, Bandit fez cara de espanto. Em seguida, foi para perto de Rusty e também encostou a orelha na porta.

Rupert agora estava se admirando de diferentes ângulos.

— Para falar a verdade, é até mesmo um milagre que tenhamos conseguido sair do porto com essa tripulação! — disse ele, balançando a cabeça só de leve, para não desarrumar o cabelo. — Deus sabe onde iríamos parar se você não tivesse dito ao marujo Muddle que o sol se põe no oeste. O sujeito é mesmo lento das ideias.

Rusty e Bandit cobriram a boca para abafar o riso.

— E aquele Bandit, ele tem tanta utilidade para este navio quanto um malabarista de um braço só — continuou Rupert.

Rusty deu uma cotovelada em Bandit, de brincadeira. Bandit respondeu fazendo cara feia.

— E, olha, vou lhe contar, aquele Rusty Cleaver não é nada melhor — continuou Rupert, erguendo uma sobrancelha enquanto olhava o próprio reflexo. — A única receita que ele parece ter aperfeiçoado na vida é a de levar todos ao desespero.

Dessa vez, era Bandit quem estava rindo. Deu um safanão em Rusty como resposta.

— Na verdade, todos foram completamente inúteis, com exceção de você — continuou Rupert, mostrando os dentes num enorme sorriso. — E é por isso que, quando voltarmos para a Inglaterra, você ganhará todo o crédito por essa importante descoberta, e o restante da tripulação não ganhará nada. Você será rico e famoso, e eles serão esquecidos.

— Bom, para mim, chega! — disse Rusty, furioso. — Vamos lá contar para o Muddle o que o nosso leal almirante está tramando.

Quando se viraram para ir embora, o cabo da espada de Bandit bateu na porta da cabine. Logo depois, a porta se abriu.

— Quem está aí? — disse Rupert.

— Eu e Bandit — respondeu Rusty, enquanto os dois ficavam em posição de sentido. — Nós viemos... hã... recolher os pratos.

— Esperem aqui.

Rupert desapareceu para dentro de seus aposentos, deixando a porta entreaberta.

Bandit abriu a porta um pouco mais, e ele e Rusty percorreram o lugar com os olhos, na esperança de ver o traidor.

— Vocês estão bem? — perguntou Rupert ao voltar, entregando os pratos. — Perderam alguma coisa?

— Não, nada — disse Rusty.

— Nem ouvimos o senhor falando com ninguém — acrescentou Bandit, só por garantia.

— Sim, porque não tem mais ninguém aqui — Rupert apressou-se em dizer. — Eu não estava falando com ninguém. Muito menos falando sozinho.

Os três homens se entreolharam, desconfiados, por alguns instantes. Finalmente, Rusty disse:

— Então vamos, Bandit. Vamos lá lavar os pratos.

— Lavar os pratos? Pensei que a gente fosse falar para o Mudd... Ah, sim, claro. Vamos lá lavar os pratos.

Rusty e Bandit viraram-se para ir embora, mas Rupert os interrompeu:

— A propósito, Cleaver, tem alguma sobremesa hoje? Acho que eu gostaria de um pedaço de bolo de pão de ló com geleia. E talvez um pedaço de torta.

Rusty voltou-se para o almirante.

— Sim, mas é claro, senhor. E o senhor gostaria de beber mais alguma coisa, almirante?

— Não, obrigado. Só a sobremesa.

— Sim, almirante — respondeu Rusty, com um largo sorriso. — Só sobremesa. É para já.

Capítulo 30

Os cinco continuaram a seguir na direção sul. O clima estava pesado após terem testemunhado a caçada ao mamute. Enquanto caminhavam, penosamente e em silêncio, Hugo só conseguia pensar em seu tio Walter, aprisionado no labirinto daqueles monstros, à espera do mesmo destino daquele pobre elefante.

Depois de algum tempo, a grama começou a ficar cada vez mais alta, e, quando deram por si, estavam forçando caminho por entre uma mata espessa maior do que todos ali, com exceção de Snowdon.

Quando Snowdon começou a caminhar mais rápido, Hugo imaginou que ele tivesse visto algo promissor. E estava certo: depois de mais alguns passos, saíram daquela grama comprida e depararam com a margem de um rio, cheia de pedrinhas.

E o formato do rio era exatamente como o segundo símbolo no mapa de Pedro!

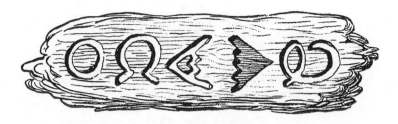

Corredeiras com espuma e redemoinhos formavam-se na superfície e desapareciam com a água que ia rio abaixo. Em vez de seguir reto, o rio fazia uma curva abrupta, quase voltando a fluir sobre si mesmo. Adotava o formato de uma grande ferradura, quase convergindo para o mesmo ponto em que se havia desviado, e depois continuava seu trajeto original pela ilha afora.

Hugo sentiu uma onda de otimismo. E então viu algo que o fez desconfiar que pudesse ser um problema: na península que formava o centro dessa ferradura, estavam deitadas duas lesmas grossas e brilhantes. Sua pele marrom e pegajosa tinha manchas amarelo-mostarda.

— O que são essas coisas? — perguntou Hugo, torcendo o nariz de nojo.

— Lesmas-d'água — respondeu Snowdon.

— Lesmas-d'água assassinas que se alimentam de carne, para sermos mais precisos — acrescentou Pórcasus.

— Elas são nojentas — comentou Hugo. — Mas não têm como nos atacar, certo? Afinal, elas são tão gordas e... bom... são lesmas.

— As aparências enganam — advertiu Snowdon. — Essas lesmas podem parecer molengas, mas são caçadoras letais.

Possuem um olfato extremamente poderoso, arrastam-se mais rápido do que qualquer homem consegue correr, e a baba delas é o ácido mais forte de toda a ilha. Depois de encurralar a vítima, a lesma arrasta-se para cima dela, dissolve a presa e a transforma numa meleca. Por fim, absorve o corpo da vítima através da pele.

Hugo ainda estava refletindo sobre os detalhes daquele tipo de morte quando Delfina percebeu outra coisa. Por trás das lesmas deitadas sob o sol, do outro lado do rio, havia um pequeno barco a remo em formato de círculo. Era feito de partes de couro costuradas umas às outras. Sobre o barco, havia dois remos de madeira.

— Será que foi assim que Pedro conseguiu atravessar o rio? — indagou Hugo.

Snowdon balançou a cabeça negativamente:

— Pedro não tinha barco. Quando ele roubou a Noz de Prata, esse rio praticamente não tinha correnteza. Ele provavelmente conseguiu atravessar nadando, sem problema algum. Mas, desde aquela época, a ilha teve fortes tempestades, que aumentaram o volume do rio e fizeram com que a correnteza ficasse mais violenta.

— E como Pedro conseguiu passar pelas lesmas? — perguntou Pórcasus.

— Da mesma forma que ele conseguiu sobreviver à Floresta Entrelaçada, imagino — respondeu Snowdon. — Por pura sorte.

Delfina estava pensativa, de testa franzida.

— Mas... se aquele barco não foi deixado pelo Pedro, então quem deixou?

Enquanto tentava enxergar melhor o barco do outro lado do rio, Hugo percebeu algo brilhando sob a luz forte do sol.

— Olhem! O barco está coberto por uma nuvem brilhante! Acho que o nosso pequeno guia está tentando nos ajudar a atravessar o rio.

— Bom, então acho que me enganei a respeito de Noé — disse Snowdon, surpreso.

— Olha, não quero soar ingrato — disse Pórcasus, num tom mal-humorado —, mas teria sido bem melhor se ele tivesse deixado o barco do lado de cá do rio. Bom, eu tenho uma ideia que pode resolver tudo.

— Então diga logo, não faça suspense — disse Feroz.

Pórcasus pigarreou e começou a explicar seu plano:

— Vou voando até o outro lado do rio e desço com o barco um pouco, para evitar as lesmas. Depois volto para margem e pego vocês. E assim poderei humildemente aceitar seus elogios e palavras de gratidão.

— Será que as suas asas já estão descansadas? — perguntou Hugo.

— Só existe um modo de descobrir.

Pórcasus começou a bater as asas. Bateu e bateu e bateu, mas nada aconteceu. Respirou fundo e tentou de novo. Bateu até ficar com o rosto vermelho, mas suas patas nem levantaram do chão. Por fim, desistiu, e suas asinhas ficaram ali caídas, murchas como dois lenços encharcados.

— Não adianta — disse ele. — Não consigo. Espero que vocês não pensem mal de mim.

— Pórcasus, meu caro amigo, seria muito difícil alguém pensar mal de você — disse Feroz.

— Eu ainda devo estar muito cansado por ter trazido o Hugo nas minhas costas lá da Enseada Violeta.

— E por me trazer também — completou Feroz.

— Sim, claro. Deve ter sido o seu peso extra que me deixou cansado — disse Pórcasus.

— Deixe para lá. Eu vou! — exclamou Delfina. — Eu consigo nadar mais rápido do que qualquer uma dessas lesmas verruguentas.

— E se elas pegarem você? — perguntou Hugo.

— Elas não vão me pegar — disse Delfina, em tom de desafio, e, antes mesmo que pudessem impedi-la, saiu correndo pelo mato, em direção à beirada íngreme do rio, coberta de pedrinhas. Assim que chegou perto da beirada, Delfina parou. Um círculo havia surgido na superfície da água bem à sua frente. Ele foi ficando cada vez maior, até que, de dentro dele, surgiu uma massa gosmenta que começou a subir a beirada do rio a uma velocidade incrível.

Quando a lesma assassina se ergueu à frente dela, Delfina saltou no ar, dando uma cambalhota por cima da cabeça do monstro. Aterrissando silenciosamente atrás da lesma, ela pegou a corda de Hugo que levava no ombro. Enquanto a criatura ainda a procurava, Delfina começou a girar a corda sobre a cabeça. Quanto mais rápido girava, maior ficava o laço, que se tornou um círculo bem largo no ar. A essa altura, a lesma venenosa já havia sentido o cheiro dela e dobrado o próprio corpo ao meio, com a intenção de ir até Delfina e sufocá-la. Suas duas pequenas narinas farejavam, famintas, no topo da cabeça.

Com um rápido movimento do pulso, Delfina jogou a corda sobre a adversária. A corda estremeceu de leve enquanto deslizava pelo ar e caiu ao redor do corpo amorfo da lesma assassina. Delfina puxou a corda com força até deixá-la esticada, criando uma cintura estreita no corpo arredondado do monstro.

— Muito bem, Delfina! — vibrou Pórcasus.

— Pelo jeito, você deixou essa lesma com as mãos atadas — riu Feroz.

— Ela não está mesmo com uma cara muito boa — acrescentou Hugo. — Parece que tem um nó nas tripas.

A criatura gorda contorceu-se, e Delfina saltou sobre ela mais uma vez, aterrissando perto de uma grande rocha, ao redor da qual amarrou a outra ponta da corda. Imediatamente depois, voltou a descer pela margem do rio, tomando o cuidado de manter distância da lesma amarrada. Enquanto Delfina escapava, a lesma, irritada, tentou ir atrás dela, mas acabou levando um puxão da corda e caindo de costas.

— Rá! Bem feito, seu monstro de gosma nojento!

Delfina correu até a beirada do rio e estava prestes a mergulhar quando mais duas lesmas surgiram e começaram a se arrastar rapidamente na sua direção.

Ela virou-se e tentou subir correndo a margem do rio, em busca de refúgio em meio à vegetação. Duas lesmas que dormiam ao sol perceberam a confusão e juntaram-se às outras. Agora, as quatro se aproximavam dela, e Delfina não tinha como escapar.

Foi aí que Snowdon surgiu, de repente, por entre a grama alta. Desceu a margem do rio às pressas, rugindo e brandindo a espada sobre a cabeça com as duas patas. Sem hesitar, passou correndo por Delfina, que continuava a subir com dificuldade a margem do rio, na direção oposta.

Com grande rapidez, Snowdon fez um movimento com a espada na direção da lesma mais próxima, decepando a parte de cima de seu corpo com um golpe preciso, como se fosse um ovo cozido. A lesma decapitada caiu no chão e, do ferimento, começou a sair uma horrível gosma verde que escorria sobre as pedras.

Snowdon virou-se e saiu correndo pela margem. As lesmas restantes foram atrás dele, seus corpos arqueando-se e achatando-se enquanto se arrastavam pelas pedras, cada uma deixando um grosso rastro de baba.

Delfina percebeu que Snowdon estava tentando distraí-las e voltou correndo para o rio. Mergulhou silenciosamente na água, deixando um círculo na superfície.

Com as pernas unidas, arqueou o corpo, deu um chute com os pés membranosos e sumiu de vista.

— Cuidado, Snowdon! — gritou Hugo de repente.

Uma lesma havia alcançado Snowdon enquanto ele tentava desesperadamente subir o aclive coberto de grama. Snowdon virou-se para repelir a criatura com sua espada, mas outra lesma o golpeou na lateral usando a cabeça rombuda, fazendo com que ele caísse no chão. Snowdon tentou ficar de pé, mas a lesma o atingiu novamente, deixando-o prostrado no chão. Agora ele estava cercado.

— Precisamos fazer alguma coisa! — disse Hugo. — Pórcasus, tente pensar em algo que possa ajudar Snowdon! Pórcasus?

Silêncio.

— PÓRCASUS?

— Elas já devem ter sentido o nosso cheiro — respondeu Pórcasus, choramingando. — E virão atrás da gente, sentarão em cima da gente e nos dissolverão com aquele suco gástrico nojento. Aposto que estão nos farejando neste exato momento!

— Você não está ajudando muito — disse Feroz.

Ainda assim, de alguma maneira, as palavras sem sentido que Pórcasus dizia, aterrorizado, fizeram com que Hugo tivesse uma ideia brilhante.

Capítulo 31

Hugo desvencilhou-se de sua bolsa e vasculhou às pressas seu conteúdo. Em um dos cantos, envoltos em um pano, estavam os ovos de galinha que havia trazido do navio do almirante Lilywhite. As cascas estavam frias e lisas e encaixavam-se perfeitamente na palma de sua mão.

— Não acho que agora seja a melhor hora para pensar em comida — disse Feroz.

Hugo ignorou-o e pediu a Pórcasus que lhe passasse duas flechas, as quais colocou no chão, a seus pés. Depois, pegou um dos cobertores em sua bolsa e rasgou duas tiras de tecido, com uns dez centímetros de largura cada. Envolveu os ovos nas tiras de tecido e amarrou cada uma no corpo de uma flecha, logo atrás da ponta, criando um pequeno estilingue. Passou as flechas para Pórcasus.

— Atire essas duas flechas nas lesmas — instruiu Hugo.

Pórcasus pegou uma flecha e colocou-a, com ar altivo, em seu arco.

— Que lesma devo acertar? — perguntou ele, puxando a corda do arco.

— Não importa.

— Devo mirar na cabeça ou na cauda?

— Tanto faz! — disse Hugo, já impaciente.

Pórcasus mirou ao longo do corpo da flecha, examinando o alvo. Moveu a flecha um pouco para a esquerda, depois subiu um pouco a mira e então foi um pouco para a direita. Hugo olhou para onde Snowdon estava: ele havia sido derrubado mais uma vez, e uma das lesmas já estava com metade do corpo sobre ele.

— Vai ser bem difícil acertar — disse Pórcasus. — Vou precisar descontar a força da brisa e a inclinação do terreno. Isso sem falar no cálculo do efeito do peso do ovo na trajetória da flecha.

Feroz pulou do ombro de Hugo e aterrissou de pernas abertas no focinho de Pórcasus.

— Pelo amor de Deus, Pórcasus! — disse ele, irritado. — Atire logo essa flecha!

Pórcasus atirou. A flecha fez um arco no ar, indo numa direção bem diferente da esperada, e o peso do ovo fez com que ela se inclinasse para a frente. Acabou aterrissando nas pedrinhas à margem do rio, a uns dez metros de distância das lesmas.

Quando a flecha atingiu o chão, o ovo bateu numa pedra e se quebrou. A gema e a clara escorreram para fora da casca e se espalharam sobre as pedrinhas.

— Ai, não deu muito certo — disse Pórcasus, balançando a cabeça, triste.

— Que nada! Foi bem na mosca! — disse Hugo. — Vai, atire a outra! Rápido!

Pórcasus obedeceu, e a segunda flecha aterrissou do outro lado das lesmas. Assim como antes, o ovo que a flecha carregava também se partiu no chão de pedrinhas.

— E agora? — perguntou Pórcasus, que não conseguia entender por que Hugo parecia tão satisfeito.

— Agora precisamos rezar para que aqueles ovos estejam podres — disse Hugo.

Sem dúvida, estavam. Já estavam podres há várias semanas naquelas cestas quando Hugo os tirara de lá, a bordo do *El Tonto Perdido*. Depois de alguns dias no calor da bolsa de Hugo, só haviam piorado. As gemas agora eram uma horrível meleca amarelo-esverdeada, e o fedor medonho foi levado pela brisa.

— Mas que cheiro maravilhoso! — disse Pórcasus, com o focinho farejando o ar.

E ele não foi o único a perceber. Como Hugo já esperava, o cheiro de ovos podres só podia significar uma coisa para as lesmas-d'água: bufalogros.

Todas as quatro abandonaram Snowdon de uma vez e, instintivamente, correram para o rio. Pareciam um bando de morsas gigantes ao entrar na água, balançando violentamente as caudas. Com grande estardalhaço, jogando água para todos os lados, desceram nadando o rio, deixando um rastro cheio de espuma na água.

— Isso é o que eu chamo de ovos *corridos* — disse Feroz.

— Sempre achei que lesmas tivessem miolo mole — riu Hugo.

Pórcasus deu um sorriso maroto e completou:

— Na verdade, elas são *ovo* duro de roer.

Hugo e Pórcasus correram até Snowdon e o ajudaram a ficar de pé. O pelo de suas pernas estava todo emaranhado, coberto pelo suco gástrico das lesmas.

Ele foi até o rio e lavou as pernas. O ácido não havia chegado até sua pele, mas deixou seu pelo queimado. Agora a pelagem comprida de suas pernas estava mais curta, o que lhe dava a aparência de um poodle gigante.

Hugo e os outros ficaram esperando enquanto Delfina lutava para manobrar o barco contra a difícil correnteza do rio. O barco era pesado e desajeitado, e a força da corrente a puxava constantemente. Foi difícil, mas Delfina finalmente conseguiu chegar até a outra margem e soltou os remos.

— Podem entrar — disse ela, ofegante, mal conseguindo falar. — Agora vamos atravessar este rio e encontrar a Noz de Prata, sim?

Delfina descansava a cabeça no ombro de Hugo enquanto Snowdon remava contra a forte corrente do rio com poderosas braçadas. Mesmo com o tamanho e a força que tinha, Snowdon teve de lutar contra a correnteza, mas finalmente conseguiram chegar ao outro lado.

— Precisamos continuar andando, mas talvez seja melhor você ficar aqui descansando, Delfina — disse Snowdon, ofegante, enquanto amarrava o barco a uma rocha.

— Mas eu quero ajudar vocês a encontrar a Noz de Prata — protestou ela. — Eu cheguei até aqui e quero ir com vocês até o fim.

— Você já nos ajudou — respondeu Snowdon. — Nenhum de nós teria conseguido atravessar o rio. Sem você, não teríamos conseguido chegar até aqui.

— Está bem — disse Delfina, meio relutante. — Eu fico esperando aqui. Vou ficar vigiando o barco.

Hugo vasculhou o fundo da bolsa e ofereceu mais três ovos para Delfina.

— Fique com alguns ovos. Se aquelas lesmas voltarem, basta quebrar um. Elas vão pensar que os bufalogros estão de volta e vão dar no pé... mesmo sem ter pés.

Delfina pegou dois ovos.

— Obrigada, Hugo — disse ela, e depois se despediu deles, acenando. — Boa sorte, amigos.

Hugo subiu a margem do rio com Feroz agarrado ao seu ombro. Pórcasus e Snowdon foram atrás. Quando Hugo olhou para trás, Delfina já estava oculta pela grama comprida.

— Eu estava pensando uma coisa, Hugo — disse Pórcasus enquanto caminhavam. — Se ninguém mais quiser, será que eu poderia ficar com o último ovo?

— Mas é claro — disse Hugo, entregando a ele o ovo de casca marrom-rosada. — Você está com medo de aparecer mais alguma lesma assassina?

— Não, Deus me livre! — respondeu Pórcasus. — É que eu estou morrendo de fome!

Pórcasus jogou o ovo para cima e apanhou-o no ar com a boca. Grunhindo e fungando, mastigou a casca e engoliu seu conteúdo repelente. Um fiozinho de baba cor de meleca de nariz escorreu pelo seu queixo.

— Simplesmente *deliciovo*! — disse.

— Argh! Que horror! — exclamou Hugo, tapando o nariz, mas sem conseguir parar de rir. — Agora você está com bafo de bufalogro!

Capítulo 32

A grama perto do rio era alta e espessa, mas ia ficando cada vez menor à medida que eles se afastavam da margem. Logo estavam caminhando sobre um gramado que parecia veludo. Uma estradinha estreita, coberta de pedrinhas, atravessava o prado.

Hugo examinou o símbolo seguinte no mapa de Pedro.

Não tinha a menor ideia do que poderia ser.

— Alguém consegue entender isso? — perguntou.

Feroz piscou os olhos e disse:

— Eu estava distraído observando a paisagem.

— Não tenho a menor ideia. Sinto muito — disse Pórcasus.

— Vamos dar uma olhada em volta — sugeriu Snowdon.

Podiam ver prados abertos, pontilhados por pequenos agrupamentos de árvores, e, a distância, três grandes montanhas, com os topos cobertos de neve. Também viram dentes-de-leão azuis bem grandes e girassóis diminutos, mas não havia nada ali que lembrasse o símbolo no mapa.

— Será que nos perdemos? — perguntou Hugo.

— Claro que não. Sabemos exatamente onde estamos — respondeu Pórcasus, em tom de encorajamento. — Só não sabemos para onde estamos indo.

Hugo sentou na grama e ficou de cabeça baixa.

— Não sou um bom cartógrafo, não é? Nem consigo interpretar uma simples legenda. Nesse ritmo, nunca mais vou ver o meu tio Walter.

— Eu sei o que poderia deixar você mais animado — disse Pórcasus. — Vou sair e colher uns pêssegos. Bem gostosos e podres, exatamente do jeito que você gosta.

Hugo fez força para sorrir.

— Não desanime — sussurrou Feroz. — Você vai encontrar o caminho. Tenho certeza.

— Venham aqui! Rápido! — gritou Pórcasus, poucos segundos depois.

— Ele deve estar precisando de ajuda para catar seus famosos pêssegos — grunhiu Snowdon enquanto corriam até Pórcasus para ver qual era o motivo daquela excitação toda. Feroz agarrou-se ao colete de Hugo enquanto ele corria, seu corpinho peludo saltando no ar a cada passo.

Pórcasus se encontrava agora a poucos passos de onde haviam parado. A estradinha em que estavam cruzava outra, criando uma encruzilhada. E, perto do cruzamento, caído no chão, estava um poste quadrado com quatro placas de madeira pregadas no topo. Havia um buraco quadrado no chão, no qual o poste se encaixava com perfeição.

As placas indicavam quatro direções diferentes, cada uma representada por um estranho símbolo. Snowdon pegou o poste e o segurou virado para cima. Girou-o na pata e examinou cada um dos símbolos.

— E eu achei isto aqui também — disse Pórcasus, apontando para uma pedra achatada perto da encruzilhada. Na superfície da pedra, havia uma mensagem talhada, que Hugo leu em voz alta:

Evitem o perigo
E também o desconhecido.
Peguem o caminho certo
E logo para casa terão ido.
P.S.: Na minha opinião, uma excelente rima.

Hugo sorriu.

— É outra pista do Noé Comprido!

— Já sei! — exclamou Pórcasus. — Ele disse "peguem o caminho *certo*". Certo também significa *direito*. Então devemos ir para a direita, não é?

Os outros não concordaram muito.

— Talvez ele só esteja mesmo querendo dizer que devemos escolher o caminho *correto* — disse Hugo.

— Obviamente, tudo o que precisamos fazer é colocar este poste de volta no chão e seguir o caminho sinalizado por este símbolo — disse Snowdon, apontando para o símbolo na placa:

— Mas como saberemos qual é a maneira certa de encaixar? — perguntou Hugo. — Um objeto quadrado pode se encaixar num orifício quadrado de quatro maneiras diferentes. Podemos fazer a placa apontar para qualquer um dos caminhos, mas só um deles será o correto. E, se a gente seguir o caminho errado, poderemos acabar nos perdendo... ou coisa pior.

— Primeiro vamos tentar descobrir o que cada um desses símbolos significa — sugeriu Feroz.

Hugo imaginou que o ? representasse o "desconhecido" do poema de Noé Comprido. Os outros concordaram e decidiram que o ! representava o "perigo". Já sabiam que ⟨ era o que estavam tentando encontrar e que o símbolo Ω significava a curva do rio onde haviam lutado com as lesmas-d'água.

— Bem, meus amigos, é um enigma e tanto — disse Pórcasus. — Não sabemos que caminho leva ao perigo e não temos a menor ideia de qual leva ao desconhecido.

De repente, os olhos de Hugo brilharam feito a nuvem de fumaça cintilante de Noé Comprido.

— É isso! — disse ele, dando um sorriso tão largo que parecia que seu rosto ia se partir ao meio.

— É isso o quê? — perguntou Pórcasus.

Hugo pegou o poste e colocou-o perto do buraco quadrado no chão. Segurou reto, com o braço estendido na altura do ombro.

— Existem quatro maneiras diferentes de colocar este poste no buraco — disse ele. Enquanto falava, deu um quarto de volta com o poste. — Mas só uma é correta.

— Olha, não quero parecer chato, mas você basicamente resumiu o que a gente já disse — comentou Pórcasus.

Hugo sorriu e deu mais um quarto de volta com o poste.

— Eu sei. Mas o que eu não disse é que, quando este poste estiver no chão do jeito certo, ele vai nos dizer que viemos da direção indicada pelo símbolo com formato de ferradura no rio.

Hugo deu mais um quarto de volta com o poste, de maneira que o símbolo Ω apontasse para o caminho de onde vieram.

— Portanto, se esta placa está correta, todas as outras também devem estar — proclamou.

Com um movimento afirmativo de cabeça, satisfeito, Hugo deixou o poste deslizar para dentro do buraco.

— Ele tem razão! — disse Feroz, subindo correndo até o topo da cabeça de Hugo. — Esse menino é um gênio.

Snowdon fez um movimento lento de cabeça, concordando, e sorriu. Pórcasus ainda parecia meio confuso.

— Sendo assim, devemos seguir o caminho que vai para a direita — concluiu Hugo, lendo a placa.

— Foi o que eu disse dez minutos atrás! — afirmou Pórcasus.

— Acho que você só deu sorte — observou Snowdon.

— Meu caro amigo, pode ter certeza de que sorte não teve nada a ver com isso — disse Pórcasus.

— Além disso, a sorte de um pode ser a intuição de outro — completou Hugo.

— Obrigado por me defender, Hugo — disse Pórcasus. — Muitas vezes tenho a impressão de que quase consigo *sentir o cheiro* da solução para um problema, de tão óbvia que ela é.

— Não me surpreende, com essas narinas aí — comentou Feroz.

Hugo olhou para cima. O sol havia muito já tinha passado por cima de suas cabeças e agora deslizava cada vez mais para perto do horizonte. Logo estaria escuro. Seu coração acelerou, e Hugo sentiu um nó no estômago, de tanto pânico.

— Precisamos nos apressar — disse. — Não temos tempo a perder.

Capítulo 33

Enquanto atravessavam morros com declives suaves e campos coloridos de ocre e esmeralda, Snowdon varria o horizonte em busca de bufalogros. Pórcasus examinava a grama em busca de comida. Feroz ia no ombro de Hugo, e os dois examinavam a posição do sol. Viram o sol descer cinco, dez, quinze graus e, ainda assim, não encontraram nem sinal do local indicado no mapa de Pedro.

De repente, a estradinha chegou ao fim, e tudo o que havia à frente deles era a paisagem. Hugo coçou a cabeça e soltou um suspiro.

— E agora?

— Hã... Acho que vou ali catar algumas geleosas — disse Pórcasus, nervoso. Saiu saltitando e em poucos passos já estava entre algumas árvores ali perto, balançando os galhos para conseguir pegar as frutas.

— Comida sempre é a resposta para Pórcasus — comentou Snowdon, com um sorriso zombeteiro. — Bom, agora vamos descansar um pouco. Corpo cansado, mente cansada.

Hugo tirou seu caderno da bolsa e abriu na página que tinha o mapa da ilha. Desenhou o anel da Floresta

Entrelaçada e o toco de tronco no qual encontraram Noé Comprido. Fez um esboço da inconfundível curva do rio onde lutaram com as lesmas-d'água e usou uma linha pontilhada para traçar a estrada que estavam seguindo.

— Eu menti quando disse a vocês por que resolvi segui-los na floresta — disse Snowdon.

Hugo levantou os olhos do mapa.

Snowdon continuou:

— A verdade é que fiquei sensibilizado com o que você disse sobre nunca desistir. Você me fez lembrar o meu pai. Ele sempre me ensinou o quanto é importante continuar tentando, por menor que seja a nossa chance.

— Fico feliz por você estar aqui — disse Hugo.

Snowdon concordou com um movimento de cabeça e depois disse:

— Eu também.

Hugo pegou o pedaço de madeira com o mapa de Pedro em sua bolsa. Feroz desceu por seu braço e ficou empoleirado no dorso de sua mão, os bigodinhos do nariz remexendo-se perto dos símbolos.

— Esse negócio é impossível — comentou Feroz. — Onde está Noé Comprido quando precisamos dele?

— Ele estaria aqui se precisássemos dele — respondeu Snowdon. — Talvez o fato de ele não estar indica que estamos no caminho certo, afinal.

— Mas isso não é ser otimista demais?

— Prefiro chamar de pensamento positivo. Imagino que depende da maneira como escolhemos olhar para a questão.

As palavras de Snowdon fizeram com que Hugo recordasse aquela noite em que ficou sentado no convés do *El Tonto Perdido*, estudando as estrelas com seu tio. Walter havia mostrado a ele como o Arado também podia ser visto como a Ursa Maior. Ele dissera a Hugo:

— Como cartógrafo, você deve sempre se lembrar de que existe mais de uma maneira de olhar para as coisas.

Hugo olhou mais uma vez o mapa de Pedro. Revirou-o nas mãos, lendo os símbolos de cabeça para baixo.

Depois virou a madeira de modo que agora pudesse ler os símbolos de cima para baixo.

De repente, ficou imóvel. Em seguida, deu um salto e ficou de pé. Seu coração batia forte, e Hugo mal conseguia respirar, de tão animado que estava.

— Snowdon! Feroz! Esse tempo todo nós ficamos olhando para o mapa do jeito errado! — disse o menino. — Não é para ler da esquerda para a direita, mas sim de cima para baixo! Viram só?

Snowdon percebeu imediatamente o que aquele símbolo complicado representava.

— É uma montanha! Pedro deve ter escondido a Noz de Prata em algum lugar na montanha.

Pórcasus tinha acabado de voltar de seu passeio catando frutas e seus braços estavam cheios de geleosas vermelhas e azuis.

— Que montanha? — perguntou.
— O símbolo é uma montanha — respondeu Hugo. — Olha!

Segurou o mapa de Pedro na vertical para que Pórcasus visse.

— Sim, entendi a lógica e dou a você os parabéns por sua inteligente dedução — disse Pórcasus, fungando e grunhindo enquanto engolia um monte de geleosas. — Mas, meu caro rapaz, a dúvida permanece: a qual daquelas três montanhas idênticas o mapa se refere?

Hugo olhou para as montanhas. Todas eram formadas pelo mesmo tipo de rocha negra e áspera que o penhasco na Enseada Violeta. Todas eram bem íngremes e pontudas, e o topo de cada uma delas estava coberto de neve. Hugo desanimou. Mal teriam tempo de escalar uma delas antes de anoitecer. E, sem dúvida, não teriam tempo de escalar outra caso escolhessem a montanha errada.

— É mesmo um grande enigma — disse Feroz, os bigodinhos remexendo-se mais do que o normal. — Ah, se pelo menos elas não estivessem cobertas de neve...

Hugo agarrou Feroz e deu-lhe um beijo bem no nariz.

— Feroz, você é simplesmente o máximo! É exatamente isso! A neve é a coroa da natureza.

Feroz ficou em silêncio, surpreso, piscando os olhinhos, mas com as orelhas mais abertas de tanto orgulho.

— Será que você poderia explicar essa sua revelação? — perguntou Pórcasus.

— A montanha no mapa de Pedro tem neve no topo.

Pórcasus olhou para Snowdon, revirou os olhos e disse:

— Ai, meus sais! Acho que ele finalmente está sentindo os efeitos de toda a tensão dessa nova viagem. Hugo, meu caro... Ou eu estou vendo em triplo, ou todas as três montanhas têm neve no topo.

Snowdon entendeu o raciocínio de Hugo e completou:

— Pedro então precisaria ter especificado a qual dessas montanhas o mapa se referia. Foi por isso que ele desenhou a montanha com neve no topo.

— Ai, acho que estou começando a ficar com dor de cabeça — disse Pórcasus. — Quantas vezes eu vou ter de repetir? TODAS AS TRÊS MONTANHAS TÊM NEVE NO TOPO!

Snowdon deu uma risadinha, achando graça do ataque histérico de seu amigo. Pôs um braço em volta de Pórcasus para acalmá-lo.

— Pórcasus, em que época do ano nós estamos?

— No começo da primavera — respondeu Pórcasus, confuso, franzindo a testa.

— Exato. Durante o inverno, neva em todas as montanhas. Nesta estação do ano, a neve sobre as montanhas mal começou a derreter — explicou Snowdon. — Mas, quando Pedro roubou a Noz de Prata, era o começo do verão. E no verão a maior parte da neve já teria derretido.

— Mas a montanha mais alta é sempre a primeira e a última a ter neve — completou Hugo. — É por isso que dizem que é a coroa da natureza.

Agora um sorriso de quem estava compreendendo começou a surgir nos cantos da boca de Pórcasus. Suas orelhas ficaram eretas, e ele movimentou a cabeça lentamente, concordando.

— Portanto, quando Pedro desenhou o mapa, só a montanha mais alta tinha neve no topo — explicou Hugo.

— Acho que Pedro escondeu a Noz de Prata no topo daquela montanha ali — disse Snowdon, apontando para a montanha mais alta. O sol agora estava baixo, e o ar ficando mais frio. Fiapos de nuvem passaram pelo céu e ocultaram durante alguns instantes o topo da montanha mais alta.

— Ela é meio assustadora — disse Pórcasus.

— Melhor a gente se apressar se quiser escalar aquela montanha antes de a meia-lua surgir no céu — disse Snowdon.

— Vamos escalar até o topo? — perguntou Pórcasus.

— Sim. Até o topo.

— Mas os bufalogros não moram nessas montanhas?

— Sim. Vários deles.

— Então, será que a gente não poderia tentar resgatar o tio Walter da caverna deles no caminho? — implorou Hugo.

— Não é tão simples assim — disse Snowdon. — Ele deve estar sendo vigiado por inúmeros bufalogros. Não podemos simplesmente aparecer e tirá-lo de lá. A nossa prioridade é achar a Noz de Prata. E, quando a gente conseguir, a ilha voltará a ficar em paz e todos estarão a salvo.

— Mas eu pensei que, já que a gente estaria passando pela caverna...

— Não.

Capítulo 34

A montanha era íngreme demais para que o grupo escalasse em linha reta até o topo, então precisaram fazer um percurso em zigue-zague. A lateral da montanha estava coberta por uma áspera massa de pedrinhas negras e escorregadias. Era um desafio não cair daquela inclinação perigosa, e cada passo que davam exigia grande esforço. E, para piorar, um vento gélido fustigava o grupo.

Hugo estava cansado e com frio. Fez um corte no meio de um dos cobertores que havia guardado na bolsa e o enfiou na cabeça como se fosse uma capa, mas, mesmo assim, o vento maltratava sua pele. Sentia o rosto e as mãos ardendo, os pulmões lutando para respirar. Adoraria poder trocar de lugar com Feroz, que estava aninhado no bolso quentinho de seu colete.

— E o que a gente precisa procurar quando chegar lá em cima? — gritou Hugo para Snowdon, mas o vento uivante abafou sua voz. Apertou o passo somente até conseguir chegar perto de Snowdon e puxar o pelo dele. Snowdon parou e olhou para baixo, para Hugo, virando a cabeça contra o vento.

A comprida pelagem de Snowdon estava agora quase na horizontal, como se fosse uma bandeira. Quando sua franja ficou afastada do rosto, Hugo viu os olhos de Snowdon pela primeira vez. Pareciam olhos de gato: tinham uma cor alaranjada bem viva e pupilas verticais. Hugo repetiu a pergunta.

— De acordo com o mapa, precisamos procurar algo parecido com um triângulo negro — respondeu Snowdon.
— Talvez uma rocha. Ou então algum tipo de marca no chão. Mas precisamos nos apressar.

O sol estava quase no horizonte, criando faixas rosadas e alaranjadas no céu. Logo anoiteceria.

De repente, Snowdon abaixou-se e se escondeu atrás de uma rocha grande. Fez um sinal para que Hugo e Pórcasus se abaixassem atrás dele. Feroz pôs a cabeça para fora e espiou por baixo da capa de Hugo.

— A mais ou menos uns trinta passos daqui está uma das entradas para o labirinto dos bufalogros — sussurrou Snowdon. Fez uma pausa, espiou pelo canto da rocha e continuou:

— Não vale a pena tentar entrar na caverna. O labirinto lá dentro é complicado demais, grande demais. Dizem que uma pessoa poderia passar a vida inteira caminhando pelo labirinto dos bufalogros sem nunca conseguir sair de lá. O mais importante agora é continuar subindo.

— Mas como você sabe que é uma entrada para o labirinto deles? Não pode ser só uma caverna qualquer? — perguntou Pórcasus.

Snowdon fez que não:

— Eu sei que é uma caverna dos bufalogros por dois motivos. Primeiro, os túneis deles têm o formato distinto de um semicírculo quase perfeito, e aquela caverna ali tem exatamente este formato.

— Mas pode ser apenas coincidência.

— O segundo motivo é que tem um bufalogro vigiando a entrada.

— Ah, tá — disse Pórcasus, balançando a cabeça afirmativamente, como se de fato estivesse refletindo sobre aquele novo indício. — Bom, digamos, a título de argumentação, que essa caverna seja *mesmo* o labirinto dos bufalogros. Como é que vamos passar por ali e sair vivos?

— Bom, podemos voltar e tentar encontrar outro caminho para subir a montanha ou podemos tentar passar despercebidos — disse Snowdon.

— Também há uma terceira opção — disse Feroz. — Eu poderia ir até o bufalogro e acabar com ele.

— Acabar com ele? — repetiu Pórcasus.

— Sim, claro... Eliminá-lo — explicou Feroz. — Incapacitá-lo, desarmá-lo, imobilizá-lo...

Pórcasus olhou para Feroz com cara de quem não estava entendendo absolutamente nada.

— Eu vou lutar com o bufalogro e deixá-lo prostrado no chão — explicou Feroz, pronunciando lentamente essas palavras.

— Meu querido e diminuto amigo — disse Pórcasus, rindo —, sei muito bem o que "acabar com ele" significa.

Eu só estava confuso porque não consigo imaginar *como* é que você acha que vai acabar com ele.

— Fácil — respondeu Feroz. — Vou subir até a cabeça dele e aí... PÁ!

— Pá? — repetiu Pórcasus.

— Pá! — disse Feroz, fazendo o gesto de um golpe de caratê com a pata. — Dou um golpe certeiro na cabeça e o bufalogro vai cair duro no chão. Rápido e indolor. Ele nem vai sentir nada.

— É exatamente disso que eu tenho medo — disse Pórcasus.

— É um bom plano, Feroz. Só acho que seria melhor a gente não atrair a atenção dele — disse Hugo.

— Exato — concordou Pórcasus. — Passar despercebidos por ele é o melhor.

— E, já que não temos tempo para voltar, precisamos mesmo passar por ele — completou Hugo.

— Concordo — disse Snowdon. — O bufalogro parece estar dormindo. Deve estar descansando para o banquete de hoje à noite. Só precisamos passar sem acordar a Bela Adormecida. Vocês me sigam e fiquem bem perto de mim.

Hugo sentia o estômago revirando com o fedor de ovos podres que o bufalogro exalava cada vez mais perto. Ele se mantinha o mais próximo possível de Snowdon, sentindo os pés escorregarem um pouco nos pedregulhos soltos.

Disse a si mesmo que não olhasse para o monstro adormecido, mas não resistiu quando passaram por ele. A criatura estava sentada sobre uma rocha, meio caída para a frente, com o queixo perto do peito. Seus dois braços fortes pendiam ao lado do corpo. Sua única narina negra exalava a respiração, criando uma nuvem no ar a cada arfada malcheirosa. Sua boca estava aberta, e a língua roxa e espessa, caída para fora, parecendo um pedaço de fígado cru. Um fio espesso de baba escorria de seu queixo peludo feito uma estalactite transparente.

Achou que o monstro parecia estranhamente tranquilo. Absurdamente feio, sem dúvida, mas tranquilo.

Snowdon e Hugo já tinham quase passado pela sentinela adormecida quando, de repente, o menino sentiu algo roçando a parte de trás de sua perna. Virou-se e viu Pórcasus quase deitado contra o chão. Ele havia escorregado e estava tentando desesperadamente se levantar. Quanto mais tentava, mais arrastava as pedras soltas e mais elas caíam pela lateral da montanha.

Hugo tentou fazer um sinal para que Pórcasus se acalmasse, mas já era tarde demais. Sua tentativa desesperada de tentar encontrar um ponto de apoio nos pedregulhos estava causando uma avalanche. Pedras e pedregulhos rolavam pela face íngreme da montanha.

Quando Pórcasus achou que estava prestes a escorregar por completo, tentou cegamente se agarrar a alguma coisa pela última vez. E, para seu alívio, sua pata agarrou algo que não cedeu sob seu peso.

Hugo viu, horrorizado, que Pórcasus havia agarrado o pé do bufalogro. A cabeça do monstro ficou ereta, e seus

olhos rosados e embaçados se abriram de repente. Num átimo, o monstro esticou o braço e agarrou a pata de Pórcasus com suas poderosas garras, arrastando-o para cima sem nenhum esforço. Hugo sentiu um aperto no estômago quando viu Pórcasus pendurado pelas patas do monstro, chutando e socando o ar, batendo desesperadamente as asinhas. O bufalogro lambeu os beiços com sua língua espessa.

Hugo virou e gritou para Snowdon vir ajudá-los. Mas Snowdon estava subindo a montanha, e a voz de Hugo foi levada pelo vento. Cabia a ele fazer alguma coisa antes que Pórcasus se tornasse parte do Banquete da Meia-Lua.

Avançando sobre o monstro, Hugo sacou sua espada enquanto percorria o espaço que havia entre eles. Deu um golpe com a lâmina, penetrando a carne do bufalogro logo abaixo da nádega esquerda. O monstro virou-se para ele e pareceu mais irritado do que ameaçado pelo ataque — feito um cão que se irrita com uma pulga.

Como se estivesse tentando adivinhar se Hugo era ou não comestível, o monstro virou a cabeça meio de lado e franziu a testa, curioso. Sua respiração provocou um grunhido em sua garganta. Seus olhos não piscaram.

O bufalogro esticou a outra pata e apertou o ombro de Hugo entre o polegar e o indicador, e pressionou sua barriga. Hugo ficou sem ar, gemendo, e dobrou-se ao meio.

Feroz pulou do ombro de Hugo e desapareceu por entre a pelagem áspera e espessa do braço do bufalogro.

Alguns segundos depois, reapareceu no topo da cabeça do monstro.

— PÁ! — gritou ele, golpeando o crânio do bufalogro. — PÁ! PÁ!

O bufalogro nem piscou.

Hugo ficou olhando para aquela narina enorme, que mais parecia um túnel trêmulo de carne que levava à morte. Dava para perceber que o monstro o estava farejando, como alguém que cheira um suculento pêssego antes de enfiá-lo na boca. Toda a raiva e o terror que Hugo sentia por dentro vieram de repente à tona.

— EU NÃO SOU UM PÊSSEGO! — gritou ele, sacando a espada que estava às suas costas.

Hugo enfiou a arma na narina no bufalogro com toda a sua força, tão violentamente que a espada, sua mão e grande parte de seu antebraço entraram pelo nariz do monstro, penetrando a cabeça.

Os olhos rosados do bufalogro reviraram loucamente nas órbitas. Todo o seu focinho ficou amassado, e sua língua caiu para fora. Suas pupilas foram subindo até que só o branco de seus olhos aparecesse de cada lado de sua cabeça. Um último bafo com odor de ovos podres saiu de sua narina e então o bufalogro caiu de joelhos, uma massa peluda e amorfa.

Hugo tirou a espada do nariz do monstro. A lâmina e grande parte de seu braço estavam cobertos por uma gosma amarela com veios vermelhos de sangue. Hugo teve ânsia de vômito com o mau cheiro ao limpar a meleca na pelagem áspera do bufalogro.

Pórcasus, que tinha ido parar no chão quando o monstro caiu, ficou de pé.

— Como é mesmo aquilo que você dizia, Pórcasus, sobre passarmos despercebidos por aqui? — provocou Feroz.

— Pois é — disse Hugo, dando um largo sorriso para o amigo. — Aliás, nunca vi nada tão ruim quanto essa sua tentativa de escapar. Um elefante tocando tambor teria feito menos barulho que você.

Pórcasus deu um sorriso maroto.

— Foi muito engraçado — comentou. — Diz aí, Hugo, que grito de guerra é esse de "não sou um pêssego"?

— Foi a primeira coisa que me veio à cabeça — respondeu Hugo, sentindo as bochechas ardendo. — E então? Vamos ficar aqui conversando o dia inteiro ou vamos tentar alcançar Snowdon?

— Vocês, meus heróis, podem assumir a dianteira — bradou Pórcasus. — Estarei logo atrás de vocês.

Capítulo 35

Encontraram Snowdon quando ele descia a montanha, depois de finalmente perceber que seus companheiros não estavam mais com ele.

— Por que vocês demoraram tanto?

— Eu tive de esperar um pouco enquanto Hugo levava um papo com um dos monstros — disse Pórcasus.

Ao ver o rosto pálido de Hugo, Snowdon decidiu que era melhor não fazer perguntas.

— Venham comigo. Tenho algo para mostrar a vocês.

Foram atrás de Snowdon e subiram mais um pouco a montanha, e ele os levou até a entrada de outra caverna. Era bem mais estreita que a anterior, e suas paredes se uniam até formarem um ângulo agudo no teto. Lá dentro, Noé Comprido estava à espera do grupo.

— Vejam só quem eu achei — disse Snowdon.

— Sejam bem-vindos. Entrem e aqueçam as mãos — disse Noé, indicando uma pequena fogueira que crepitava no fundo da caverna.

Hugo ficou aliviado ao ver Noé. Estendeu as palmas das mãos perto do fogo, sentindo o sangue voltar a circular, fazendo as pontas de seus dedos formigarem.

— E como vai a missão? — indagou Noé.

— Nós é que perguntamos — devolveu Snowdon. Noé deu um sorriso sereno.

— Será que você pode, pelo menos, nos dizer se a Noz de Prata está no topo desta montanha? — implorou Hugo.

— Sim, a Noz de Prata está bem no topo desta montanha — respondeu Noé Comprido. — Mas reflitam sobre o seguinte, meus amigos:

Posso ser grande como um elefante
Mas não peso nada
Posso desaparecer totalmente
Quando a sala é iluminada
Posso até mesmo entrar na água
Sem ficar molhada
Vocês ganharão a liberdade
Se resolverem esta charada.

Uma nuvem de fumaça cintilante surgiu e Noé desapareceu mais uma vez.

— Isso é ridículo! Não temos tempo para ficar brincando de resolver enigmas. Já está quase escuro lá fora. Ele acabou de dizer que a Noz de Prata está no topo desta montanha, então eu vou lá achar — disse Pórcasus, começando a marchar na direção da saída da caverna. Quando chegou lá, um clarão azul surgiu e ouviu-se um grande estrondo. Pórcasus foi jogado para trás e saiu deslizando até o fundo da caverna.

— Que diabos foi isso? — disse Hugo, tentando acalmar Feroz, que, de tanto medo, havia pulado para dentro da perna de sua calça. Todos olharam para a entrada da caverna. Parecia haver uma película de luz amarela e pálida cobrindo a abertura.

Snowdon pegou uma pedra pequena e tentou atirá-la para fora. Ouviram mais uma vez o barulho ensurdecedor e um clarão azulado: a pedra foi lançada de volta para dentro da caverna, ricocheteando nas paredes, até finalmente parar.

— É inacreditável! — exclamou Snowdon. — Deve ser algum tipo de campo de força. O Noé Comprido nos prendeu aqui com seus truques!

— Talvez a resposta do enigma seja a chave para sair daqui — sugeriu Hugo.

— Ou talvez seja apenas mais um teste sem pé nem cabeça — disse Pórcasus.

— Bom, não temos escolha — disse Hugo. — A charada que ele recitou diz que, se descobrirmos a resposta, ficaremos livres. Então vamos tentar resolver.

O que pode ser grande como um elefante sem pesar nada? — murmurou Snowdon para si mesmo.

— Bom, talvez um elefante feito de algodão.

— Aí já é imaginar demais — disse Feroz.

— E será que não pesa nada? — acrescentou Hugo.
— Um elefante de algodão não deve pesar muito.
— Mas pesa um pouco, mesmo assim. O que você acha, Pórcasus?

Pórcasus não ouviu: estava olhando compenetrado para o fogo, hipnotizado pelas chamas que dançavam contra a escuridão da caverna.

— Pórcasus? — repetiu Hugo.

Pórcasus olhou para Hugo e imediatamente seu pelo ficou todo eriçado, e ele fez "oh!" de susto.

— Cuidado, Hugo! Atrás de você! — gritou.

Hugo virou-se imediatamente, sacando a espada, pronto para o confronto. Atrás dele, havia um enorme vulto negro à espreita. Assomava sobre o menino como um fantasma gigante. Também carregava uma espada e estava prestes a atacar.

Hugo recolocou a espada na bainha e virou-se de novo. Pórcasus estava tremendo de medo, atrás de Snowdon, que ria baixinho:

— É só a minha sombra! A sombra que aparece na parede é grande assim porque eu estou perto do fogo. Veja só.

Hugo afastou-se do fogo até sua sombra ficar menor do que ele. Quando voltou de costas para a fogueira, sua sombra aumentou.

— Já sei! — exclamou Hugo. — A escuridão desaparece totalmente quando a sala é iluminada. E também pode ser enorme como um elefante sem pesar nada.

— Mas é estranho dizer que a escuridão entra na água. É a luz que penetra na água — disse Snowdon.

— Sim, verdade — concordou Hugo. — Mas tem outra coisa que é semelhante à escuridão, não pesa nada e pode entrar na água sem ficar molhada.

— A sombra! — exclamou Pórcasus. — A sombra entra na água e não fica molhada, e pode ser grande como um elefante sem pesar nada!

Quando Pórcasus pronunciou essas palavras, houve um estrondo na boca da caverna, seguido de outro clarão azulado, e então a película de luz amarelada e cintilante desapareceu.

Snowdon pegou outra pedra e jogou-a na direção da entrada da caverna. A pedra voou para fora e, silenciosamente, sumiu do campo de visão.

— Pórcasus, você é um gênio! — disse Hugo, querendo ser gentil.

— Não sou só um rosto bonito, ora — riu Pórcasus.

— Obviamente que não — disse Feroz.

Snowdon estava irritado.

— Decifrar esse enigma de Noé nos fez desperdiçar muito tempo — murmurou. — Talvez tenha sido um erro confiar nele, afinal.

Todos correram para a entrada da caverna. O chão sob seus pés emitia um ruído surdo e lamurioso. Era como se a própria montanha estivesse perdendo as esperanças.

O céu agora estava escuro, e a única coisa que iluminava a noite era um semicírculo branco e brilhante. A meia-lua erguia-se cada vez mais, fazendo uma trajetória em arco sobre a montanha. Hugo olhou para além da Floresta

Entrelaçada, na direção da Enseada Violeta. Conseguia enxergar a beirada do precipício e a barreira de névoa — e desejou ardentemente que, atrás dela, ainda estivesse o navio *El Tonto Perdido*, à espera dele e de Tio Walter, pronto para levá-los de volta para casa.

Capítulo 36

O almirante Rupert Lilywhite estava na parte de trás do convés do *El Tonto Perdido*, admirando a meia-lua brilhante no céu. A única coisa que atrapalhava o silêncio perfeito daquela noite era um ruído lamurioso a distância.

— Noite bonita, não, almirante? — grunhiu uma voz perto de sua orelha.

Rupert deu um grito igual ao de uma menininha e se virou para ver quem era. Muddle e grande parte da tripulação estavam atrás dele, com ar ameaçador.

— Meu Deus, marujo Muddle! — disse Rupert. — O que isso significa?

— Eu e os homens ficamos pensando se o senhor não gostaria de dar uma volta — disse Oliver Muddle, sorrindo de orelha a orelha.

— Um passeio? Mas onde, diabos, vamos poder passear?

Muddle sacou sua espada e a apontou na direção de Rupert.

— Um passeio até o fim da prancha.

O almirante Lilywhite ficou boquiaberto. Seu lábio inferior tremeu.

— Por acaso isso é algum tipo de motim, marujo Muddle?

— Não, senhor — respondeu Oliver Muddle. — Eu e os homens só decidimos que o senhor deve abandonar o posto de comando.

— Mas é exatamente isso que significa "motim" — disse Rupert, desconfiado.

Os marinheiros murmuraram entre si, meio surpresos.

— Ah! Nesse caso, sim, senhor, isso é um motim — disse Muddle.

Rockford agarrou Rupert e prendeu-lhe os braços às costas. Rusty e Swipe amarraram suas mãos, e Muddle o cutucou com a espada para que ele fosse caminhando na direção da prancha, que eles haviam amarrado à balaustrada na parte central do convés. A prancha tinha pouco mais de um metro de comprimento.

Rupert subiu no áspero pedaço de madeira. Muddle cutucou-o mais uma vez com a espada, e Rupert caminhou com cuidado sobre a prancha, que rangeu e entortou com o peso dele. O mar lá embaixo se chocava contra o navio, parecendo uma tinta negra. Rupert começou a chorar, e suas lágrimas deixaram dois rastros rosados em seu rosto coberto de pó de arroz.

— Por que vocês estão fazendo isso? — perguntou ele, virando-se para olhar para sua tripulação. — Pensei que todos estivéssemos nos dando muitíssimo bem!

— Mas já sabemos que você está planejando ficar com todo o crédito desta expedição. Além disso, estamos cansados de esperar pelo cartógrafo. *Queremos ir para casa.*

— É, estou morrendo de tédio — grunhiu Bandit. — Se eu soubesse que a gente ia ficar tanto tempo fora de casa, teria trazido um bom livro para ler.

— E esse sol constante está acabando com a minha pele — reclamou Hawkeye. — Envelheci mil anos neste navio.

— Eu sinto falta da minha mãezinha — choramingou Rockford, seus fortes bíceps elevando-se enquanto ele enxugava os olhos com um pequeno lenço. — E se a gente cair pela lateral do fim do mundo? Nunca mais vou ver a minha mãezinha...

— Está bem — consentiu Rupert. — Vamos voltar para casa agora mesmo. E, então, quem quer traçar a nossa rota?

Os marinheiros entreolharam-se.

— Viram só? Precisamos de um cartógrafo para conseguir voltar para casa. Precisamos esperar por ele — disse Rupert.

Ao perceber uma brecha, Rupert deu um passo na direção do navio.

Oliver Muddle imediatamente ergueu sua espada e disse:

— Calma aí. Conversei com o restante dos homens esta tarde e todos eles querem que eu passe a comandar a viagem. Pode ser que eu decida esperar pelo cartógrafo, mas essa é uma decisão que tomarei assim que você estiver fora do meu navio.

— Então vocês passaram por cima de mim para puxarem o tapete debaixo dos meus pés? — perguntou o almirante. — Se vão me apunhalar pelas costas, podiam, pelo menos, fazer isso na minha cara!

Oliver Muddle franziu a testa, confuso.

— O negócio é o seguinte — interrompeu Rusty Cleaver, sacudindo uma enorme faca na direção de Rupert. — Você pensa que é melhor do que a gente só porque tem muito dinheiro.

— Mas isso é uma grande mentira! — insistiu Rupert. — Acho que sou melhor que vocês porque tenho roupas bonitas, recebi uma boa educação, tenho hábitos de higiene impecáveis... — sua voz ia sumindo à medida que ele percebia a cara que os marinheiros estavam fazendo.

— Nós temos princípios — disse Muddle, pressionando a lâmina de sua espada contra o peito de Rupert. — Não obedecemos às ordens de pessoas que não respeitamos. E você não vai ganhar o nosso respeito só porque o seu pai tem muito dinheiro. Respeito é uma coisa que não se compra.

— Se vocês não me matarem, prometo dobrar o salário de todo mundo — disse Rupert.

Oliver Muddle virou-se para Rockford e fez um sinal de cabeça. Rockford esticou o braço, agarrou Rupert pela gola... e o puxou de volta para o convés.

Oliver Muddle sorriu e disse:

— Bem-vindo a bordo, almirante.

Em seguida, um grito horrível interrompeu o silêncio da noite.

Capítulo 37

O gemido agudo sob os pés de Hugo aumentou até explodir num grito de gelar os ossos. O menino imediatamente compreendeu o que estava acontecendo: os bufalogros dentro do labirinto de túneis se preparavam para o Banquete da Meia-Lua e estavam uivando com a expectativa de comer.

— Precisamos nos apressar — insistiu Hugo.

Olhou para cima, para o cume da montanha. Estavam perto da parte coberta de neve. O progresso deles dali em diante seria ainda mais lento, e o caminho ainda mais traiçoeiro do que antes. Levariam horas para chegar ao topo. Como Pedro havia conseguido?

— Esperem! — gritou Hugo. — Esperem um pouco. Por que Pedro subiu esta montanha?

— Como assim? — disse Snowdon.

— Pedro estava tentando fugir de Erebo — disse Hugo, com o raciocínio mais claro. — Ele queria sair da ilha com a Noz de Prata. Então, por que teria subido até o topo desta montanha para escondê-la aqui? Por que ele não foi direto para a Enseada Violeta?

— Ninguém sabe o que Pedro tinha em mente — respondeu Snowdon. — Por que ele resolveu esconder a noz? Por que não levou a noz junto com ele? Tudo a respeito de Pedro é um mistério.

— O próprio Noé Comprido nos disse que a Noz de Prata estava no topo desta montanha — completou Pórcasus.

— Exatamente! — disse Hugo, sentindo que as peças do quebra-cabeça estavam começando a se encaixar. — Noé disse que a noz estava no topo da montanha, mas ele nunca dá uma resposta direta. Essa é a regra número um. Ele nos disse isso na primeira vez em que o encontramos.

— Por que deveríamos prestar atenção ao que Noé disse depois que ele nos prendeu naquela caverna com aquela charada totalmente inútil? — grunhiu Snowdon.

— Não foi inútil. Era outra parte da pista. Olhem lá embaixo — disse Hugo, apontando para a parte cheia de morros no vale, banhada pela luz pálida da lua. — Como você descreveria a sombra desta montanha?

— Como um grande triângulo negro — respondeu Pórcasus.

— E qual é o formato do símbolo seguinte no mapa de Pedro?

— Um triângulo negro! — exclamou Feroz, animado, saltando para o ombro de Hugo.

— Agora olhem os dois símbolos juntos. Eles representam a montanha... e a sombra da montanha! A Noz de Prata *está* no topo desta montanha — concluiu Hugo, sorrindo. — Mas está no topo da sombra, e não no topo de verdade.

Snowdon olhou para as sombras das montanhas e refletiu sobre a ideia de Hugo. O pico da montanha mais alta caía perto da curvatura em formato de ferradura no rio. Se Pedro tivesse atravessado o rio ali e ido direto para a Enseada Violeta, teria passado pela ponta da sombra antes de voltar a entrar na floresta.

— Quando a lua fica bem em cima desta montanha, a sombra aponta para a Noz de Prata — disse Hugo.

— Você tem razão! Faz todo o sentido! — concordou Snowdon, dando um tapa nas costas do menino com tanta força que ele quase caiu.

— E então? O que estamos esperando? — perguntou Pórcasus, começando a descer a lateral íngreme da montanha.

Snowdon e Hugo foram atrás, descendo a passos largos e enérgicos. Feroz agarrou-se à capa de Hugo com as duas patas da frente, e seu corpo e sua cauda seguiam flutuando no ar, como um estandarte peludo. As pedrinhas soltas cediam a cada passo e saíam quicando montanha abaixo.

Era bem mais rápido descer a passos largos e ir escorregando do que subir — e bem mais divertido também.

Entre risos e exclamações de "uhu!", eles pareciam crianças que se divertem escorregando e pulando em uma enorme duna de areia na praia. O fim da missão estava próximo, e logo seus problemas acabariam. Já nem se lembravam dos besouros-vampiros, das cobras-de-três-cabeças, das lesmas-d'água assassinas. Esqueceram-se até mesmo da ameaça representada pelos monstros de três chifres, dentes afiados e com bafo de ovo podre que se preparavam para um banquete ali dentro da montanha.

Foi então que depararam com um bando de bufalogros que escalavam a montanha com a intenção de ir atrás deles.

Capítulo 38

Foi Pórcasus quem deparou com eles primeiro. Estava ocupado demais observando onde colocar as patas nas pedrinhas soltas para perceber o que estava à sua frente. Passou resvalando perto de um e deu de cara com outro. Foi como bater contra uma parede peluda, e Pórcasus caiu no chão, atordoado. Snowdon estava próximo demais dele para conseguir parar e acabou seguindo o amigo até onde estavam os monstros. Hugo escorregou nas pedrinhas soltas, passou deslizando por entre as pernas de um bufalogro e se chocou contra Snowdon. Feroz foi catapultado pelo ar e caiu de barriga, com um pequeno baque.

Os bufalogros fizeram um largo círculo ao redor do grupo. Alguns ficaram de quatro e começaram a caminhar como gatos quando caçam; outros continuaram de pé. Snowdon, Pórcasus e Hugo ficaram preparados, de costas uns para os outros, observando os monstros que os cercavam. Feroz veio correndo e se escondeu entre as pernas de Hugo.

Os monstros resfolegavam e babavam, os olhos inebriados de fome. Alguns jogaram a cabeça para trás e soltaram um urro de arrepiar os cabelinhos da nuca — era como o som de unhas passando num quadro-negro, só que cem vezes mais alto. Os outros se juntaram ao coro e logo todos estavam emitindo aquele som horrível.

— Bom, eu não sou nenhum especialista em bufalogros — gritou Pórcasus, tentando fazer-se ouvir —, mas algo me diz que eles não estão nos fazendo um convite amigável para o banquete.

— E agora? O que faremos? — perguntou Hugo, com voz rouca. Sentia a boca tão seca que mal conseguia falar.

— Acho que é uma boa hora para sacarmos nossas armas — disse Snowdon, esticando o braço por cima do ombro e agarrando o cabo de sua espada. Hugo sacou a sua também, e Feroz pegou seu espinho de cacto. Pórcasus não se moveu.

— Você também, Pórcasus — insistiu Snowdon. — Pegue o seu arco e prepare-se para atirar como nunca atirou antes.

Pórcasus lentamente deixou o arco escorregar de seu ombro para sua pata.

— Preciso confessar uma coisa — disse ele, enquanto suas patas trêmulas colocavam uma flecha no arco. — Na verdade, eu não sei atirar muito bem. Eu não estava mirando a cobra-de-três-cabeças lá na floresta... Eu estava mirando o besouro-vampiro que estava atacando o Hugo. E eu estava mesmo tentando atingir aquelas lesmas-d'água lá perto do rio. Eu não tinha a menor ideia de que Hugo queria que eu não as atingisse.

— Eu também tenho algo a confessar — disse Snowdon.

— A gente sabia disso o tempo todo.

Agora os bufalogros começavam a se aproximar. Snowdon completou:

— Mas, dentro de poucos segundos, esses monstros feiosos vão estar tão perto da gente que nem mesmo um homem cego montado a galope num burro conseguiria errar o alvo.

Snowdon, Hugo, Feroz e Pórcasus seguravam suas armas, preparados. Os bufalogros rondavam o grupo. O ar fedia a ovos podres.

Um dos monstros deu um salto. Ele se movimentava rápido como um leão. Hugo o viu e deu um passo para trás, mas Snowdon lançou-se para a frente, segurando a espada com as duas patas acima da cabeça. O bufalogro ainda estava no ar quando a lâmina de Snowdon o atravessou, partindo sua cabeça bem no meio. O monstro caiu pesadamente no chão, deixando escorrer baba e sangue sobre os pedregulhos.

Os outros bufalogros urraram ainda mais alto. Hugo sentia o corpo todo tremer. Aparentemente, não havia como escapar, mas aquela era uma ótima oportunidade para deixar seu pai orgulhoso.

— Nunca desista — repetia Hugo para si mesmo, agarrando o pingente. — Nunca desista.

Mais dois monstros saltaram sobre o grupo, seus dentes, línguas e olhos furiosos brilhando à luz da lua. Snowdon girou o corpo, segurando a espada à altura da cintura, e cortou um bufalogro bem na barriga. Ganindo feito um cachorro, o monstro esgueirou-se para trás, para junto do restante do bando. Mas, ao mesmo tempo, o segundo bufalogro aterrissou nas costas de Snowdon. Ele caiu agachado e, por um breve instante, Hugo pensou que seria o fim de seu amigo. Porém, soltando um forte rugido, Snowdon fez força e se pôs de pé, livrando-se de seu oponente. O bufalogro voou para trás, as pernas se debatendo no ar, e caiu prostrado. Antes que o monstro conseguisse se levantar, Snowdon virou-se e fincou a espada em seu coração.

Pórcasus puxou a flecha, mirou em um dos numerosos predadores ao redor do grupo e soltou-a. A flecha saiu torta e passou pelo monstro a, pelo menos, uns três metros de distância, mas, por sorte, atingiu outro bufalogro exatamente entre os olhos, matando o monstro bem no instante em que ele estava prestes a atacar Hugo.

O menino não percebeu sua sorte porque também estava ocupado — com outro bufalogro. Assim como antes, deixou a espada oculta às suas costas e esperou até que o monstro se aproximasse. A narina redonda e trêmula do bufalogro era como um enorme alvo bem no meio de sua cara.

— Quando é que vocês vão entender, hein? EU NÃO SOU UM PÊSSEGO!

Ao dizer isso, Hugo agarrou a espada com firmeza e a enfiou bem no meio do nariz do bufalogro, penetrando sua cabeça. O monstro ganiu de um jeito patético, caiu de joelhos e, depois, de cara no chão. Hugo conseguiu pular bem a tempo, antes que o animal moribundo o esmagasse com seu peso.

— Bem na mosca! — comemorou.

— Acho que você quer dizer bem na narina — corrigiu Feroz, rindo. Mas seu sorriso desapareceu quando ele viu outro bufalogro agarrar Hugo por trás. O monstro ergueu-o pela nuca e virou-se para ir embora. As pernas do menino chutavam o ar, e ele brandia a espada, sem conseguir atingir nada.

Feroz saiu correndo, passou pelo bufalogro que escapava e se pôs em seu caminho. Fazendo uma pose de combate, com o espinho do cacto erguido no ar, gritou para o monstro que se aproximava:

— Ponha ele no chão agora senão quem vai para o chão é *você*!

Sentia o coração na boca de tanta ansiedade por aquele terrível confronto.

Mas o bufalogro não viu nem ouviu Feroz. Passou por cima dele e continuou a subir a montanha.

Determinado a salvar o amigo, Feroz mais uma vez saiu em disparada atrás do bufalogro. Dessa vez, optou por uma tática diferente e pulou no tornozelo do monstro enquanto ele andava. Virou o corpo de maneira que ficasse voltado para o chão e se agarrou ao pelo áspero do bufalogro com três de suas patas. Com a quarta, fincou o fiel espinho de cacto com todas as forças no calcanhar do monstro.

O bufalogro urrou de um jeito horrível, parou de repente e, nesse processo, deixou Hugo cair no chão. Enquanto o monstro lambia o ferimento causado pelo espinho, Hugo rapidamente pegou Feroz, colocou-o no bolso e correu de volta para Pórcasus.

Os três olharam ao redor, da esquerda para a direita e da direita para a esquerda, e depois de novo.

— Acho que eles se foram — disse Hugo, sem fôlego.

— Parece que a gente conseguiu assustá-los — confirmou Pórcasus, confiante.

Viraram-se para ir até Snowdon e contar-lhe a boa notícia. Foi então que se deram conta do quanto haviam se enganado.

Enquanto Pórcasus, Hugo e Feroz estavam lutando contra alguns poucos bufalogros, todo o restante do bando estivera concentrado em Snowdon. Os monstros haviam formado um círculo estreito ao seu redor e se aproximavam lentamente. De vez em quando, dois ou três o atacavam ao mesmo tempo. Garras reluziam, urros de batalha interrompiam o silêncio, e a espada de Snowdon continuava a cortar os monstros. Havia bufalogros mortos espalhados pelo chão, sobre os pedregulhos, com a língua caída para fora e os olhos brancos nas órbitas.

Snowdon estava de pé — mas não muito ereto. Sua cabeça já estava baixa, e seus ombros caídos. Segurava a espada com uma das mãos, levantando com dificuldade a lâmina pesada. Com o outro braço, ele apertava a barriga no ponto em que havia sido ferido. O sangue escorria, manchando seu pelo cinzento e formando uma poça vermelha e escura a seus pés.

Hugo tentou penetrar a multidão de monstros, golpeando pernas e pés com sua espada, mas sem sucesso.

— Snowdon! — gritou, tomado pelo desespero. — Snowdon!

— Vá com Pórcasus — respondeu Snowdon. Sua voz indicava que estava sem fôlego, falava lentamente. — Encontrem a Noz de Prata. Continuarei a lutar aqui, mas vocês precisam terminar a nossa missão.

— Não vou abandonar você! — exclamou Hugo, em tom de raiva.

— Nós precisamos ir! — implorou Feroz, subindo às pressas até o ombro do amigo. — A nossa única esperança é encontrar a Noz de Prata.

Hugo odiava a ideia de ter de abandonar Snowdon à mercê daqueles monstros, mas sabia que Feroz estava certo. Sentiu os olhos ardendo, cheios de lágrimas, enquanto lutava para sair do círculo daquela odiosa horda. Correu até Pórcasus.

— Precisamos encontrar a noz — disse Hugo e começou a descer a montanha.

— Espere! — exclamou Pórcasus. — Suba nas minhas costas. Segure-se.

Pórcasus ficou de quatro. O menino subiu em suas costas e montou sobre seus ombros, atrás do arco e da aljava com flechas. Feroz fez o mesmo com Hugo: montou em seus ombros e agarrou seus cachos loiros.

— Estou pronto! — disse Hugo, segurando com as mãos o pelo de Pórcasus.

Ele respirou fundo e começou a bater as asas. Hugo e Feroz seguraram-se firme. Nada aconteceu.

Pórcasus parou de bater as asas e respirou fundo mais algumas vezes.

— Leve o tempo que julgar necessário — disse Feroz, os olhos fixos num bufalogro que havia começado a ir na direção deles.

— Vamos! — gritou Hugo. — Toda a ilha depende de nós!

Pórcasus batia cada vez mais forte as asas.

O coração de Hugo batia acelerado.

O menino sentiu Pórcasus erguendo-se do chão, mas só um pouquinho. Agora, galopando a toda velocidade, o bufalogro avançava na direção deles, arreganhando as presas e as garras. Bem no momento em que o monstro se aproximou, Pórcasus ergueu-se do chão e subiu na direção do céu noturno. O bufalogro franziu o cenho, tentando entender para onde havia ido sua presa.

— Você conseguiu! — gritou Hugo. — Estamos voando!

Pouco depois, quando Hugo olhou para trás, para a montanha lá embaixo, sua alegria logo se transformou em tristeza. Snowdon estava olhando enquanto os amigos iam embora. Por alguns instantes, ele segurou a espada em riste, desafiando outro bufalogro a tentar atacá-lo. E, em seguida, fez algo que Hugo não esperava. Snowdon colocou a espada no chão. Os monstros hesitaram, como se desconfiassem que aquilo fosse alguma cilada. Snowdon ergueu um braço, em gesto de derrota, e caiu de joelhos.

Os bufalogros o atacaram de uma só vez. Dentro de poucos segundos, Snowdon estava caído, inconsciente, e começava a ser arrastado morro acima pelos tornozelos. Logo seria levado para a entrada da caverna e para dentro do labirinto.

Hugo virou o rosto. Não conseguia olhar o amigo sendo arrastado como um saco de carvão. Até aquele momento, Snowdon sempre se comportara de maneira generosa e corajosa, por isso Hugo não conseguia entender por que ele simplesmente se rendera.

No declive, lá embaixo, um único bufalogro observava Pórcasus ir embora, ainda intrigado com o porco voador que escapara de suas garras. Olhou de relance para o restante do bando e virou um pouco o corpo, como se estivesse prestes a se juntar ao restante do clã. Depois parou, deu meia-volta e, com um resfolegar desafiador, começou a descer a montanha.

Capítulo 39

Hugo viu algo passar pelo céu, acima deles. Primeiro pensou que estivesse imaginando coisas. Mas então ouviu o bater lento e pesado de asas bem grandes.

— Acho que temos companhia — disse. — E é um ratobutre.

— Ah, que maravilha! — exclamou Pórcasus. Ele batia as asinhas com tanta força que elas eram só um borrão no ar, e também estava arfando.

Com a mão esquerda, Hugo segurou bem forte a nuca de Pórcasus. Percorreu o céu com os olhos, em busca do rato alado que voava em círculos. Era uma noite clara e milhões de estrelas salpicavam o céu.

— Você é meu, você é meu! — gralhou o ratobutre quando deu um mergulho e ficou acima deles.

Pressionando os joelhos contra o corpo de Pórcasus, Hugo fez uma pausa, soltou as mãos do pelo e pegou a espada. Com toda a força, deu um golpe para cima até ficar com os braços bem esticados acima da cabeça. Ouviu-se um guincho terrível, seguido de um bater de asas desesperado.

O menino ficou olhando enquanto o ratobutre caía silenciosamente até o solo. O monstro foi desabando desajeitadamente até sumir de vista.

— Foi um bom plano isso de sacar a sua espada no último instante — disse Feroz, agarrado ao cabelo do amigo.

— Bom, aquele ratobutre, sem dúvida, caiu feito um pato — respondeu Hugo.

Ele olhou rapidamente para trás e viu a meia-lua pairando bem acima da montanha. Mais à frente, percebeu que havia uma árvore exatamente na extremidade da sombra triangular.

— Estamos nos aproximando da ponta da sombra. Aposto que Pedro enterrou a noz debaixo daquela árvore — disse Hugo.

Pórcasus começou a descer. Ao se aproximarem do solo, desatou a remexer as pernas no ar, assim como fizera no dia em que se conheceram.

Hugo pôde sentir Feroz puxando seu cabelo com mais força quando os dois se seguraram para a aterrissagem. Atingiram o chão com um baque. Pórcasus deu alguns passos, mas estava indo rápido demais para que suas pernas conseguissem acompanhar. Acabou tropeçando e caindo de barriga, deslizando a toda velocidade pela grama, deixando um rastro profundo na terra com seu focinho. Finalmente pararam, bem embaixo da árvore, com o nariz de Pórcasus a poucos centímetros do enorme tronco.

— Ora, ora — disse Pórcasus, sacudindo a cabeça para tirar a terra de suas orelhas. — Já foram duas excelentes aterrissagens, Hugo. Você deve ser o meu amuleto da sorte.

O menino teria discordado da avaliação do amigo a respeito de suas habilidades de voo se sua atenção não estivesse totalmente focada em outra coisa: a terra que Pórcasus revirara quando aterrissaram. Bem no topo do montinho de terra recém-revirada, ao lado da árvore, algo brilhava.

Hugo saltou das costas de Pórcasus e foi correndo ver o que haviam descoberto, mas, quando pegou o objeto nas mãos, a esperança transformou-se em perplexidade. Ele não estava segurando a Noz de Prata, mas sim um diamante tão grande que quase cobria toda a palma de sua mão.

Hugo jogou a pedra preciosa de lado, ficou de joelhos e começou a cavar. Quando afastou a terra, seus olhos ficaram arregalados.

— Olhe só isso! — disse ele, surpreso.

Pórcasus olhou por cima do ombro de Hugo, e seus olhos ficaram ainda mais arregalados que os do amigo.

Capítulo 40

Havia um enorme tesouro no chão.

Pórcasus usou suas afiadas patas fendidas como se fossem espátulas, e rapidamente eles tiraram toda a terra do buraco onde estava escondido o tesouro de Pedro. Feroz e Pórcasus encostaram-se na árvore e começaram a vasculhar o que haviam encontrado. Uma corrente de ouro muito grossa estava enrodilhada perto de Hugo, e era tão grande que parecia um morro dourado.

— Algo me diz que o desejo secreto de Pedro era ser rico — comentou Hugo.

— E parece que o sonho dele se tornou realidade — disse Feroz, sentando-se sobre um elmo de soldado romano feito de ouro puro.

— Mas não durou muito tempo — completou Hugo, pegando um punhado de pedras preciosas na mão. — Ele nunca teria conseguido escapar levando esse tesouro todo.

— Bom, isso prova que a Noz de Prata nunca falha — disse Pórcasus, admirando o próprio reflexo numa armadura peitoral feita de ouro. — E que seu poder mágico age rapidamente.

— A gente precisa encontrar a noz. Deve estar aqui em algum lugar — disse Hugo.

— Mas nós já cavamos toda a área ao redor da árvore — retrucou Pórcasus. — Não existe mais nenhum lugar onde a gente possa procurar.

— Então a gente precisa cavar mais fundo! — gritou Hugo, cavando desesperadamente a terra. — Não podemos desistir! Não quando estamos tão perto!

— Mas nós já cavamos toda a terra — respondeu Pórcasus em voz baixa, colocando uma pata no ombro de Hugo. — Eu acabo de perceber uma coisa. O mapa de Pedro não leva até a Noz de Prata. Leva até o tesouro dele.

— Mas então onde está a Noz de Prata? — perguntou Hugo, em tom de desafio.

Feroz pulou no ombro do amigo e disse:

— Talvez Pedro não tenha deixado a noz aqui na ilha, no fim das contas. Talvez tenha ficado com a noz o tempo todo.

Hugo tentou absorver a realidade dos fatos apresentados por seus amigos. Foi então que ouviram algo resfolegar perto deles. O horrível odor de ovos podres chegou às narinas de Hugo. Ele sabia o que veria antes mesmo de levantar os olhos.

Apenas a cem metros de distância, um bufalogro galopava na direção deles com a morte nos olhos.

Capítulo 41

Hugo e Pórcasus ficaram de pé e foram andando de costas, em direção à árvore.

— E agora? — sussurrou Pórcasus.

— Que importa? — disse Hugo com um suspiro zangado. — Tio Walter e Snowdon já devem ter sido devorados a essa altura. A nossa única arma é o seu arco, e nem sempre você acerta, para dizer o mínimo. Sem querer ofender.

— Não me ofendi. Mas ainda não fomos derrotados. Os bufalogros podem ser animais ferozes, caçadores impiedosos, mas, para eles, comer é uma atividade social. Eles não dão início a uma refeição até que todos estejam prontos.

— Quer dizer que eles não vão começar o Banquete da Meia-Lua até que o nosso amigo aí volte para lá?

— Exatamente — confirmou Pórcasus. — Tudo o que precisamos fazer é manter esse camarada ocupado e Snowdon e seu tio continuarão vivos. Sim, claro que eles ainda estarão aprisionados em um labirinto absurdamente complicado... mas estarão vivos.

O bufalogro aproximou-se, bufando, sua respiração transformando-se em vapor contra o céu.

— Mais uma vez, parece que a nossa única saída é para cima. Suba nas minhas costas.

Hugo agarrou-se aos ombros do amigo. Pórcasus bateu as asas cansadas o mais rápido que conseguia. Lentamente, suas patas ergueram-se do chão e ele levantou voo.

— A gente não vai conseguir escapar. Você deve estar exausto — disse Hugo.

— Mas nós não vamos fugir voando — explicou Pórcasus. — Só vamos voar para cima um pouco.

Pórcasus levou Hugo e Feroz para a parte mais alta da árvore, oculta pela folhagem. Quando atingiram um galho mais firme, Pórcasus, desajeitadamente, agarrou-se a ele, sem fôlego. Lá embaixo, o bufalogro olhava para cima, completamente confuso.

— O que você está esperando, hein? — zombou Feroz. — Não me diga que você não consegue subir numa árvore.

O monstro pôs as patas no tronco da árvore. Agarrou-se à casca e olhou para cima. Seus olhos opacos estavam fixos em Hugo e em Pórcasus. Então começou a subir, arrastando-se junto ao tronco. Movimentava-se como um lagarto, com a cauda serpenteando.

— Ah... Pelo jeito ele consegue subir numa árvore — disse Feroz. — E bem rápido, aliás.

Capítulo 42

— Vocês precisam subir mais! — exclamou Pórcasus, empurrando o amigo para um galho mais acima.

Hugo subia de galho em galho o mais rápido que conseguia. Os galhos iam ficando mais finos à medida que subia e começavam a ceder sob o seu peso.

— Acho que minha enorme corpulência deve ser pesada demais para esses gravetinhos — brincou Feroz.

Hugo ouviu Pórcasus gritar lá embaixo. Era um som tão desesperado que o menino sentiu seu sangue gelar. Olhou por entre os pés: o bufalogro havia alcançado o amigo e agora o arrastava para baixo. Os olhos de Pórcasus estavam aterrorizados.

— Suba o mais alto que conseguir! — gritou Pórcasus.

A mente de Hugo trabalhava a todo vapor. Centenas de pensamentos voavam dentro de sua cabeça. Pensou em todas as pessoas que nunca mais veria. Pensou em tio Walter, Pórcasus, Snowdon e Delfina. Pensou no mapa de Pedro.

— Não consigo acreditar que o mapa de Pedro só levava ao tesouro dele — murmurou. — Se fosse só isso mesmo, por que ele teria incluído o símbolo de uma noz?

Feroz deu um grito: o bufalogro havia descido da árvore e prendido Pórcasus no chão com sua enorme cauda. E agora estava balançando a árvore, batendo com seu forte ombro no tronco.

Hugo lembrou-se de Pórcasus balançando as árvores para catar geleosas na primeira noite que passara na Península Refúgio. Lembrou que havia enterrado as sementes porque não queria fazer desfeita ao amigo. Na manhã seguinte, quando tirara a bolsa do chão, vira que as sementes já tinham germinado e brotado. Será que todas as plantas da ilha cresciam rápido assim?

O galho no qual Hugo estava balançou com tanta força que ele perdeu o equilíbrio. Agarrou-se à árvore e ficou pendurado por alguns instantes. Desesperadamente, jogou as pernas para cima e as cruzou sobre o galho. Agarrou-o com toda a força e tentou concluir seu raciocínio.

E se Pedro tivesse *mesmo* enterrado a Noz de Prata junto com seu tesouro? Será que ela teria germinado rápido também em solo fértil? Snowdon disse que a ilha passara por grandes chuvas nos últimos anos. Isso, sem dúvida, teria ajudado a nutrir a Noz de Prata. E, se ela tivesse germinado, teria se transformado numa árvore. Hugo olhou as folhas em volta.

— Feroz, que árvore é esta? — perguntou.

— Esta é uma péssima hora para seus interesses botânicos — respondeu Feroz.

— Responda!

Feroz olhou de relance para o contorno irregular e inconfundível das folhas e disse:

— Fácil. É um carvalho.

Delfina havia dito a Hugo que a Noz de Prata viera da Árvore da Esperança — um enorme carvalho com uma única noz de prata em um de seus galhos.

O menino sentiu sua esperança renascer. Será que a Noz de Prata se transformara numa nova Árvore da Esperança? Se fosse isso, então ela também deveria ter sua própria Noz de Prata!

Hugo lembrou-se das palavras de Noé Comprido:

Se eu não estiver mais ao seu lado para guiar
Então a Noz de Prata conseguirão alcançar.

Foi então que viu algo brilhar...

... mais para a ponta de um galho retorcido que estava acima de sua cabeça, parcialmente oculto pelas folhas. Hugo esticou o braço.

Seus dedos fecharam-se em torno da Noz de Prata.

Capítulo 43

— A árvore parou de balançar — observou Feroz.

— Vocês dois vão ficar aí em cima a noite toda? — Era a voz de Pórcasus. — Porque eu acho que adoraria comer agora um prato de purê de batatas e uns pêssegos podres.

— Pórcasus? Está tudo bem aí?

— Se está tudo bem? Está simplesmente um paraíso! — respondeu ele. — Você é um herói!

Hugo olhou para baixo: o bufalogro estava pastando no gramado ali perto. Seus chifres não estavam mais afiados, e seus olhos agora tinham uma cor castanha. E ele ignorou por completo o menino, que descia da árvore.

Quando Hugo chegou ao chão, com as mãos trêmulas de alegria, Pórcasus ficou de pé nas patas traseiras e abraçou o amigo, pressionando-o contra sua barriga peluda.

— Estamos livres! Você nos salvou! Nem consigo acreditar! Finalmente estamos livres! Estou tão feliz que vou até dar um beijo em você!

Pórcasus lambeu a bochecha de Hugo com sua língua molhada.

— Me ponha no chão! — disse Hugo, rindo.

— Você deixa eu ver a Noz de Prata? — pediu Pórcasus.

Hugo segurou-a para que Pórcasus a visse, e o amigo deu um assobio de admiração.

— Quer segurar um pouco? — perguntou o menino.

— Melhor não. Se os meus sonhos se realizarem, corremos o risco de ficar soterrados debaixo de uma montanha de geleosas podres!

— Você salvou todos nós — disse Feroz, esfregando o focinho no rosto do amigo.

Hugo estava pensando em outra coisa.

— Mas e o tio Walter? Precisamos entrar no labirinto dos bufalogros para encontrá-lo!

— Acho que o Snowdon pode cuidar disso — disse Pórcasus.

— Snowdon desistiu. Eu vi quando ele deixou a espada no chão e se rendeu.

— Tem certeza de que ele se rendeu? Ou estava só fingindo que se rendeu?

Hugo deu de ombros, confuso.

— Por que Snowdon fingiria uma rendição?

— Espere e verá — respondeu Pórcasus, dando uma piscadela.

Capítulo 44

— Olhe só ali — disse Pórcasus.

Estavam mais ou menos na metade do caminho de volta para o rio, onde haviam deixado Delfina. Hugo seguiu com os olhos a direção que Pórcasus apontava, no sentido da montanha, e viu um enorme vulto vindo até eles. Quando o vulto se aproximou, o menino percebeu que era Snowdon. Ele andava lentamente, carregando algo nas costas.

— Tio Walter! — gritou Hugo, correndo na direção deles.

Snowdon ajoelhou-se e Walter escorregou de suas costas, já de braços abertos para cumprimentar o sobrinho. Hugo foi direto para os braços do tio, quase o derrubando no chão.

— Estou tão feliz em ver você! — disse Walter, rindo. — Como vai o meu sobrinho favorito?

Por alguns instantes, Hugo nem conseguiu falar nada. Seu tio estava magro, pálido, mas o menino se sentia extremamente feliz por saber que ele ainda estava vivo.

— Eu pensei que nunca mais fosse ver o senhor de novo — disse Hugo, chorando. — Primeiro foi aquele ratobutre horrível, e depois a Floresta Entrelaçada, e depois os besouros-vampiros, as lesmas-d'água assassinas, todos aqueles enigmas, e...

— Eu sei — disse Walter, num tom amoroso, abraçando-o bem forte. — Você salvou a minha vida. O Snowdon aqui me contou tudo. E também me disse que você até conseguiu fazer um mapa de toda a ilha enquanto isso!

— Como vocês conseguiram sair do labirinto? Pensei que iam ficar perdidos lá para sempre.

— Olha, cá entre nós, eu também pensei — respondeu Walter, com sinceridade. — Quando os bufalogros me levaram para as profundezas da montanha, eu não tinha a menor ideia do que me aguardava, mas sabia que jamais conseguiria sair dali. E, claro, assim que eu vi a fogueira, percebi que estavam se preparando para me devorar. Eu só não sabia quando. Parecia que eu já estava naquela caverna havia séculos quando levaram o Snowdon para lá. De repente, parecia ser a hora do banquete. Snowdon sussurrou para mim que eu não devia me preocupar, mas, quando um daqueles monstros começou a me arrastar na direção da fogueira, confesso que entrei em pânico. Quanto mais perto eu chegava da fogueira, mais o calor intenso parecia estar queimando minhas bochechas e meus braços. Quando senti as chamas queimando meu bigode, tive certeza de que seria assado vivo. E aí, do nada, os bufalogros ficaram mansos. Perderam completamente o interesse em me cozinhar e começaram a andar devagar, de quatro, mordiscando a grama aqui e ali. Foi então, Hugo, que Snowdon percebeu que você havia encontrado a Noz de Prata e depois ele me trouxe até aqui.

Hugo fez um sinal afirmativo de cabeça e sorriu para o tio. Então olhou para Snowdon.

— Mas como você conseguiu sair do labirinto? — perguntou, em tom ressentido. — Parecia que você tinha desistido de lutar.

— Eu segui a trilha que havia deixado quando fui levado para lá — respondeu Snowdon.

— Mas como você conseguiu deixar uma trilha sem que os bufalogros percebessem?

— Eu estava sangrando muito. Sabia que, se os bufalogros me levassem para o esconderijo deles, eu acabaria deixando um rastro de sangue. Foi por isso que fingi ter me rendido.

Hugo sentiu-se envergonhado.

— Eu pensei que você tivesse se entregado... Fiquei com tanta raiva de você... Me perdoe.

Snowdon sorriu.

— Acontece. Às vezes, nós nos enganamos a respeito dos outros.

Mais para perto do morro, alguém soltou um grito de alegria. Todos se viraram para ver o que era. Um filhote de mamute descia rapidamente a montanha, sorrindo e balançando a tromba, satisfeito. Snowdon sorriu e acenou para ele.

— Você ainda está sangrando muito, Snowdon — disse Walter.

— Melhor a gente voltar logo para a Península Refúgio — observou Pórcasus.

— Não se preocupem comigo. Eu vou sobreviver — disse Snowdon.

— Quem disse que eu estou preocupado com você? — retrucou Pórcasus. — Eu quero é voltar para o café da manhã. Estou morrendo de fome!

Delfina estava à espera deles, perto do barco. Ela já tinha usado os dois ovos podres para afastar as lesmas-d'água. E, antes de Hugo encontrar a Noz de Prata, elas estavam voltando para atacá-la novamente.

— De repente, as lesmas viraram e foram embora — contou Delfina. — E eu imaginei naquele mesmo instante que você devia ter conseguido. Sempre achei que você ia conseguir.

Subiram no barco, e Snowdon foi remando até a outra margem. Até mesmo a Floresta Entrelaçada havia perdido a atmosfera ameaçadora. As árvores pareciam estar mais afastadas umas das outras, e a luz azulada da lua penetrava por entre a folhagem. Flores de cores vívidas brotavam sob as copas. Hugo passou a poucos metros de dois besouros-vampiros, mas eles nem perceberam sua presença: estavam ocupados demais comendo um arbusto. Hugo viu um ratobutre voando acima deles, em círculos lentos, bem longe das árvores.

— Vocês estão livres, vocês estão livres! — grasnou o ratobutre.

Na manhã seguinte, toda a turma celebrou com um banquete de enguia frita e purê de batatas. De sobremesa serviram pêssegos e geleosas. Comeram até não aguentar mais.

Hugo olhou em volta, observando seus amigos, e sentiu-se feliz. Não conseguia imaginar como seria possível encontrar seres tão estranhos quanto aqueles e também não conseguia imaginar como seria possível ter amigos melhores.

— E então? Você já decidiu o que vai fazer com a Noz de Prata? — perguntou Kramer, limpando suas duas bocas.

— Você tem o direito de reinar nesta ilha como príncipe Hugo — disse Pórcasus.

O menino olhou para Walter.

— A escolha é sua, Hugo — disse o tio.

Finalmente, Hugo declarou:

— Sinto-me honrado com a oferta, mas... Sei que vou sentir muito a falta de todos vocês, mas infelizmente não posso ficar. O mundo tem diversos lugares interessantes para explorar, terras que desejo mapear. Existem tantos caminhos a percorrer... e eu mal comecei a pegar o gosto pela aventura.

— Que Deus nos proteja! — riu Walter, com rugas ao redor dos olhos.

— Tudo bem, a gente entende — disse Delfina, triste. — Também vamos sentir a sua falta.

— Mas é claro que não posso levar a Noz de Prata comigo. Portanto, eu gostaria de transferi-la para Snowdon, para ajudá-lo a governar esta ilha. Ele é generoso e corajoso, assim como seu pai, o príncipe Erebo.

Snowdon ficou surpreso:

— Como você descobriu?

— Você herdou a força dele e também carrega a mesma coragem nos olhos — respondeu Hugo. — Além disso, o nome dele está gravado naquela adaga que você me emprestou.

Snowdon jogou a cabeça para trás e deu uma retumbante gargalhada.

— É verdade tudo isso, Snowdon? Por que você não nos contou? — indagou Delfina.

— Creio que eu não achava que era digno de ser príncipe — respondeu ele com voz baixa. — E também não queria ser tratado de maneira diferente só porque Erebo era meu pai.

— O seu pai teria ficado orgulhoso de você — respondeu Delfina, sorrindo.

— Eu concordo — disse Pórcasus, fungando e grunhindo por causa das lágrimas. — Você provou que tem capacidade para ocupar o trono e ser o sucessor de seu pai.

Delfina pôs a Noz de Prata num fio de couro e depois a amarrou ao redor do pescoço de Snowdon.

— Eu vos declaro príncipe Snowdon — disse ela, solene, e todos aplaudiram.

Enquanto os outros celebravam, Pórcasus foi até Hugo e disse baixinho:

— Meu caro rapaz, a vida não vai ser a mesma sem você por aqui.

— Também vou sentir saudades de vocês — respondeu Hugo.

— Quem disse que vou sentir a sua falta? — riu Pórcasus, empurrando o menino de brincadeira com o focinho. — Mal posso esperar para ter um pouco de paz e tranquilidade!

— Quem sabe a gente não se reencontra algum dia? — disse Hugo, coçando a orelha do amigo.

— Quem sabe? Bom, se porcos conseguem voar... — respondeu Pórcasus, rindo. — Cuide-se, Hugo. E muito obrigado por tudo.

Snowdon virou-se para Hugo e Walter, e disse:

— Estamos muito tristes por vocês irem embora. Mas gostaria de pedir que guardassem segredo sobre a nossa ilha, para que ela permaneça escondida para o restante do mundo.

— Não se preocupem com isso — disse Walter. — Sei exatamente como poderemos garantir a privacidade de vocês.

Capítulo 45

Podiam enxergar o vulto do *El Tonto Perdido* através da névoa. Walter começou a remar a toda velocidade.

— Socorro, socorro! — gritava Hugo.

Os marinheiros no navio estavam bebendo e tomando sol quando ouviram os gritos do menino. Alguns foram cambaleantes até a popa ver o que estava acontecendo. Rupert saiu correndo de sua cabine, já sacando seu telescópio.

Quando os marinheiros olharam, ficaram emudecidos. Viram Hugo e Walter remando o barco. Atrás deles, vinha um monstro simplesmente horrível. Era comprido e pegajoso, com as costas nodosas e os dentes afiados. Quando o monstro se aproximou, eles viram que era o crocodilo-de-duas-cabeças.

— Um monstro marinho! — gritou Rupert, encolhendo-se atrás de Rockford.

— Joguem a escada! — gritou Walter. — Tem mais monstros vindo atrás da gente!

— Só depois que você me mostrar o que foi que descobriu na ilha — gritou Rupert, sua voz aguda de tanto medo.

— Afinal, por que deveria me arriscar a deixar esses crocodilos entrarem no navio e devorarem todo mundo?

— Mas nós fizemos o mapa da ilha! — retrucou Hugo. — Com esta prova da sua descoberta, você certamente vai ficar rico e famoso!

— O que você está esperando, marujo Sei-Lá-Quem? — gritou Rupert, ríspido. — Jogue logo essa maldita escada!

Hawkeye baixou uma escada de corda pela lateral do barco. Hugo e Walter escalaram a escada e pularam para dentro do navio, tentando parecer aterrorizados com o sufoco por que passaram. Os marinheiros reuniram-se ao redor deles para ouvir a história.

Primeiro, Walter deu um pedaço de papel para Rupert.

— Aqui está o seu mapa, almirante.

Era um mapa fictício que haviam esboçado naquela manhã. Nele, não havia nenhuma menção à Noz de Prata, nem à Árvore da Esperança, nem mesmo à Floresta Entrelaçada. Walter traçou algumas coordenadas no canto inferior direito do mapa. Se alguém tentasse voltar à ilha utilizando aquelas coordenadas, acabaria a uns oitocentos quilômetros de distância do reino do príncipe Snowdon.

Hugo havia completado o verdadeiro mapa da ilha, anotando nele a entrada em formato de semicírculo que dava para o labirinto dos bufalogros, junto a um esboço dos monstros com três chifres. Também fizera um desenho da estreita caverna onde Noé Comprido dera a eles sua última pista, com direito a uma caricatura do guia baixinho. Agora o

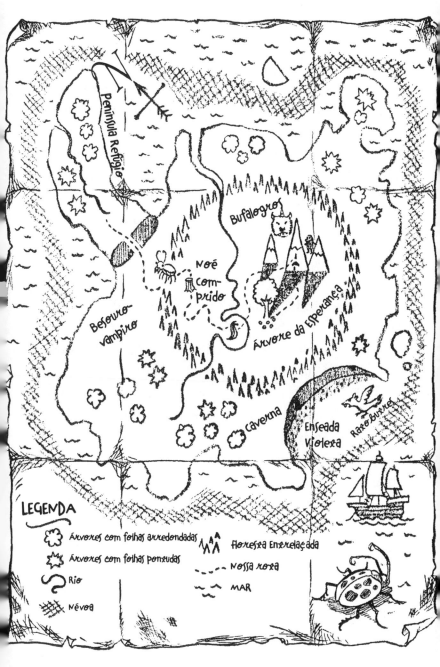

mapa também tinha três montanhas cônicas que projetavam sombras triangulares sobre a ilha, na direção do rio. Hugo também fez um desenho da Árvore da Esperança, que crescia próximo à ponta da sombra mais comprida, a qual se projetava perto de uma curva de rio com formato de ferradura. Ao lado da raiz da árvore, desenhou algumas moedas de ouro e, em um de seus galhos, a Noz de Prata. Depois, havia guardado o mapa dentro de seu caderno, bem no fundo da bolsa, e era lá que agora se encontrava.

— Este mapa parece estar meio inacabado — comentou Rupert.

— Mas não há nada de interessante na ilha — disse Hugo.

— O quê?! — exclamou Oliver Muddle. — Vocês têm certeza de que não se esqueceram de nada?

— Bom, você pode ir até a praia e ver com os próprios olhos — respondeu Walter. — Quer dizer, você teria de lutar contra uma quantidade absurda de crocodilos, mas tenho certeza de que isso não seria problema para um marujo tão corajoso.

Por fim, o marujo Muddle decidiu acreditar na história de Walter. E, de fato, toda a tripulação concordou que não deveria mesmo haver nada de interessante naquela ilha. Não havia necessidade de ir até lá para comprovar.

No entanto, Rupert estava ficando com raiva. Com o rosto completamente vermelho, as veias em seu pescoço pareciam querer saltar.

— É inacreditável! Como é possível haver uma ilha sem nada? Onde está o meu coco? Eu mandei vocês me trazerem algo parecido com um coco!

— Ah, sim! — disse Hugo, revirando a bolsa. — Não existe nada parecido com coco na ilha. Mas eu trouxe isto aqui.

Rupert examinou o item que o menino segurava. Era do tamanho de um punho fechado, marrom, cheio de brotoejas, e estava coberto de lama.

— O que é isso? — perguntou Rupert.

— É uma batata — respondeu Hugo, sorrindo. — Dá para assar ou cozinhar e fazer purê.

Rupert pegou a batata e a revirou na mão.

— Você realmente acha que eu vou apresentar este item repelente, que parece estar coberto de uma areia roxa esquisita, ao rei da Inglaterra? E o que eu vou dizer a ele? Que pode comer isto? Ele vai acabar pedindo a minha cabeça numa bandeja de prata!

Bufando de ódio e de desespero, o almirante jogou aquela coisa para trás, por cima do ombro. A batata saiu voando pela lateral do navio até fazer um "plop!" no mar lá embaixo.

Rupert subiu na parte posterior do convés para se dirigir à tripulação:

— Muito bem, homens! Não existe nada nesta ilha. A comida está acabando, então devemos voltar para a Inglaterra. — Ele apontou para o horizonte e continuou: — Não descobrimos nada de interessante, mas não devemos pensar que esta viagem foi um fracasso. Pensem nela mais como algo infrutífero. Uma perda de tempo, se preferirem.

Os marinheiros entreolharam-se, confusos.

— O que eu estou querendo dizer é que vocês são todos excelentes marujos. Até mesmo você, Muddle. Criamos laços de amizade e deixamos para trás aquele probleminha do motim. E, de minha parte, sinto orgulho em dizer que todos vocês estão abaixo de mim. Ou melhor, sou seu superior. Digo... Sinto orgulho por vocês fazerem parte da minha tripulação.

Enquanto Rupert continuava a tagarelar, Hawkeye escalava o cordame, e Rockford erguia a âncora.

Hugo e Walter ficaram de pé na proa do navio. Kramer acenava para eles lá do mar, suas duas bocas retorcidas por dois enormes sorrisos cheios de dentes.

O menino pôs as mãos no bolso e deu um grito de surpresa quando sentiu algo quentinho e macio contra os dedos. A cabeça de Feroz despontou de um de seus bolsos.

— Feroz! — sussurrou Hugo. — Eu tinha esquecido que você estava aí!

— Ah, eu resolvi ficar escondido um pouco — disse o amigo, piscando por causa da luz, olhando em volta. — Então este é o tal navio de que você tanto falava?

— O navio acaba de partir. Por favor, não fique chateado, mas estamos a caminho da Inglaterra.

— Chateado? Mas quem é que está chateado? Uma vez alguém me disse que o mundo tem diversos lugares interessantes para explorar. É claro que vou sentir falta do Pórcasus e dos outros, mas eu não perderia esta aventura por nada neste mundo!

Hugo percebeu que tinha em mãos um pequeno e peludo passageiro clandestino e sorriu.

Os três amigos ficaram olhando para a barreira de névoa ao redor da ilha enquanto ela ficava cada vez mais distante. O mar lambia suavemente as laterais do navio. O ar estava quente e salgado.

— O senhor acha que alguém ainda pode aparecer na ilha? — perguntou Hugo.

— Acho que não — respondeu Walter. — Pelo menos, não por um bom tempo.

— E para onde iremos na nossa próxima expedição?

— Para onde quer que exista um mapa a ser feito, imagino — disse o tio Walter, seu bigode retorcendo-se com o sorriso. — Mas eu quero que você me prometa uma coisa, Hugo: da próxima vez que sairmos em busca de aventura, você precisa se esforçar para não entrar em apuros.

Hugo respondeu, sorrindo, mostrando a janelinha entre os dentes:

— Bom... Vou fazer o possível!

Impresso no Brasil pelo
Sistema Cameron da Divisão Gráfica da
DISTRIBUIDORA RECORD DE SERVIÇOS DE IMPRENSA S.A.
Rua Argentina 171 – Rio de Janeiro, RJ – 20921-380 – Tel.: 2585-2000